JOURNAL d'un dégonflé

Carnet de bord de Greg Heffley

DE JEFF KINNEY

TRADUIT DE L'ANGLAIS (ÉTATS-UNIS)
PAR NATALIE ZIMMERMANN

SeuiL

Copyright © 2007 Jeff Kinney

First published in the English language in 2007

by Amulet Books, an imprint of Harry N. Abrams, Incorporated, New York

sous le titre original : Diary of a Wimpy Kid

(All rights reserved in all countries by Harry N. Abrams, Inc.)

Pour l'édition française, publiée avec l'autorisation de Harry N. Abrams, Inc.

© Éditions du Seuil, 2008

ISBN : 978-2-02-101196-8

N° 101196-6

Mise en pages : Lorette Mayon

Achevé d'imprimer en France en septembre 2010 par CPI Firmin Didot. (101812)

Dépôt légal août 2009

Loi n° 49-956 du 16 juillet 1949 sur les publications destinées à la jeunesse.

POUR MAMAN, PAPA, RE, SCOTT ET PATRICK

SEPTEMBRE

<u>Mardi</u>

Mettons d'abord les choses au point : il s'agit d'un CARNET DE BORD, pas d'un journal intime. Je sais bien ce qui est écrit sur la couverture, mais quand maman est allée acheter ce truc, je lui avais pourtant CLAIREMENT demandé d'en chercher un où ce ne serait pas marqué « journal » dessus. Voilà le résultat ! D'ici à ce qu'un taré me trouve avec ce cahier et se fasse des idées...

Deuzio, je tiens à préciser que c'était l'idée de ma mère, pas la mienne.
Mais si elle croit que je vais écrire là-dedans ce que je « ressens » ou je sais pas quoi, elle se trompe totalement. Alors faut pas s'attendre à ce que je mette des « Cher journal » par ci et des « Cher journal » par là.

Si j'ai accepté d'écrire dedans, c'est uniquement parce que, quand je serai riche et célèbre, j'aurai bien mieux à faire que de répondre à des questions idiotes toute la journée. Ce cahier pourra alors se révéler TRÈS UTILE.

Comme je l'ai dit, un jour je serai célèbre, mais en attendant, je suis coincé au collège avec une bande de débiles.

Il faut d'ailleurs signaler que le collège est à mon avis
l'un des trucs les plus stupides jamais inventés.
Il y a des types comme moi, qui n'ont pas encore fait
leur croissance, mélangés avec des espèces de gorilles
qui se rasent deux fois par jour.

Et après, on se demande pourquoi les violences sont
un tel problème au collège.

Si ça ne tenait qu'à moi, on ferait les classes
en fonction de la taille, et pas de l'âge. Mais là encore,
ça voudrait sûrement dire que des types comme Chirag
Gupta seraient toujours au CP.

Aujourd'hui, c'est la rentrée, et on attend juste que le prof se dépêche de finir la répartition des élèves. Alors, je me suis dit que je ferais aussi bien d'écrire dans ce cahier, histoire de passer le temps.

Au fait, laissez-moi vous donner un bon conseil : le jour de la rentrée, il faut vraiment faire attention où on s'assoit. On arrive, on laisse tomber son sac sur la première table pourrie qui se présente et, juste après, on entend le prof qui dit :

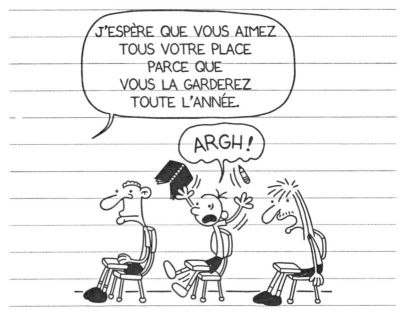

Donc, pour ce premier cours, je me suis retrouvé coincé entre Chris Hosey devant et Lionel James derrière.

Jason Brill est arrivé en retard et a failli s'asseoir à ma droite, mais, heureusement, j'ai pu l'en empêcher à la dernière minute.

Au cours d'après, je devrais tout simplement foncer m'asseoir au milieu d'un groupe de filles canon. Mais si je le faisais, ça prouverait juste que j'ai rien appris l'année dernière.

Je me demande QUEL EST LE PROBLÈME
avec les filles. C'était beaucoup plus simple en primaire.
Il suffisait d'être le plus rapide à la course pour
leur plaire.

Et au CM2, le plus rapide, c'était Tom MacCoy.

Aujourd'hui, c'est très différent. Il y a la façon
de s'habiller, si on est riche, si on a un joli petit
derrière et plein d'autres trucs. Alors les mecs
comme Tom MacCoy sont complètement largués et
ne pigent pas ce qui a pu se passer.

Le plus populaire de 5ᵉ, c'est Brian Anderson.
Ce qui est vraiment nul, c'est que moi, je me suis
TOUJOURS intéressé aux filles alors que les types
comme Brian n'ont commencé à les regarder que depuis
deux ans.

Je me rappelle l'attitude de Brian en primaire.

Mais évidemment, maintenant, ça me sert à rien
d'avoir été du côté des filles pendant tout ce temps.

Comme je le disais, Brian arrive en tête de liste
des garçons les plus populaires de 5e, ce qui nous laisse
toutes les autres places à nous disputer.

À vue de nez, je dois me trouver quelque part entre
la 52e et la 53e place, cette année. Mais la bonne
nouvelle, c'est que je vais sûrement remonter d'un cran
parce que Charlie Davies est juste devant moi,
et qu'on va lui mettre des bagues la semaine prochaine.

J'ai essayé d'expliquer toute cette histoire
de popularité à mon pote Robert (qui, soit dit
en passant, doit plafonner à la 150ᵉ place),
mais avec lui, je crois que c'est peine perdue.

Mercredi

Aujourd'hui, j'avais EPS. Alors, dès que j'ai pu, j'ai
filé au terrain de basket pour voir si LE FROMAGE
y était toujours. Et, oui, il était toujours là.

Ce morceau de fromage trône sur le bitume depuis le printemps dernier. Il a dû tomber d'un sandwich ou quelque chose dans ce genre. Deux jours après, le bout de fromage a commencé à prendre un aspect tout moisi et répugnant. Personne ne voulait plus jouer au basket là, même si c'était le seul terrain équipé d'un panier.

Et puis un jour, il y a un type, Denis Walsh, qui a touché le fromage avec son doigt, et c'est à partir de ce moment-là qu'on a parlé de la « Marque du Fromage ». C'est un peu comme les poux. Quand on a attrapé la « Marque du Fromage », on ne peut s'en débarrasser qu'en la refilant à quelqu'un d'autre.

La seule façon de se protéger de la « Marque du Fromage », c'est de croiser les doigts.

Mais c'est pas si facile de penser à croiser les doigts toute la journée. J'ai fini par les scotcher ensemble pour qu'ils arrêtent de se décroiser. J'ai eu une sale note en écriture, mais ça en valait vraiment la peine.

C'est un autre type, Abe Hall, qui s'est pris la « Marque du Fromage » en avril, et personne n'a plus voulu l'approcher.
Cet été, Abe a déménagé en Californie, et il a emporté la Marque avec lui.

J'espère juste que personne ne va relancer cette histoire de « Marque du Fromage » cette année, parce que j'ai franchement pas besoin de me rajouter ce stress-là en plus du reste.

Jeudi
J'ai vraiment du mal à accepter que l'été est terminé et qu'il faut se lever tous les matins pour aller en cours.

Remarquez, l'été avait super mal commencé, la faute à Rodrick, mon grand frère.

Deux jours après le début des vacances, Rodrick m'a réveillé en pleine nuit. Il m'a raconté que je venais de passer tout l'été à dormir et que, par chance, j'émergeais juste à temps pour la rentrée des classes.

Vous allez me trouver un peu débile d'avoir gobé un truc pareil, mais Rodrick s'était habillé comme pour aller au lycée et il avait avancé mon réveil pour faire croire que c'était le matin. En plus, il avait fermé les rideaux pour que je ne voie pas qu'il faisait encore nuit.

Et puis Rodrick est sorti, je me suis habillé et je suis descendu me préparer mon petit déjeuner, comme tous les matins où j'ai cours.

Mais j'ai dû faire pas mal de boucan parce que, tout à coup, mon père était en bas et me criait qu'on ne mange pas de céréales à 3 heures du matin.

Il m'a fallu une bonne minute pour comprendre ce qui se passait.

À ce moment-là, j'ai expliqué à papa que c'était Rodrick qui m'avait joué un sale tour, et que c'était LUI qu'il fallait engueuler.

Mon père est descendu au sous-sol pour lui passer un savon, et je l'ai suivi. J'avais hâte de voir Rodrick s'en prendre une...

Mais plus rusé que mon frangin, tu meurs.
Et je suis sûr qu'aujourd'hui encore, papa croit que
j'ai pété un câble.

Vendredi

Aujourd'hui, au collège, on nous a répartis dans
des groupes de lecture.
On ne vous dit pas directement si vous êtes dans
le Groupe des forts ou dans le Groupe des nuls,
mais ça se devine tout de suite en regardant
la couverture des livres qu'on vous donne.

J'ai été plutôt déçu de découvrir que je retournais dans le Groupe des forts, parce que ça voulait dire plein de travail en plus.

Quand j'ai passé les tests, à la fin de la 6ᵉ, j'ai fait de mon mieux pour intégrer cette année le Groupe des nuls.

Ma mère est très copine avec le principal, et je suis sûr que c'est elle qui a magouillé pour que je réintègre le Groupe des forts.

Ma mère dit toujours que je suis intelligent, mais que je ne m'applique pas assez.

Pourtant, s'il y a une chose que Rodrick m'a apprise, c'est qu'en se débrouillant pour que les gens attendent très peu de vous, on les épate en ne faisant quasiment rien.

En fait, je suis plutôt content que mon plan
pour intégrer le Groupe des nuls n'ait pas marché.

J'ai vu deux mecs du groupe « Bobby dit bouh ! »
tenir leur livre à l'envers, et je crois pas qu'ils
le faisaient exprès.

Samedi
Voilà, la première semaine de cours est enfin terminée,
alors aujourd'hui, j'ai fait la grasse matinée.

D'habitude, ceux de mon âge se lèvent tôt le samedi
pour regarder des séries ou ce genre de trucs,
mais pas moi. La seule chose qui me pousse à me lever,
le week-end, c'est qu'au bout d'un moment,
je ne supporte plus le sale goût que j'ai dans la bouche.

Malheureusement, papa se lève à 6 heures TOUS
les matins, quoi qu'il arrive, et il se fiche complètement
que j'essaie de profiter de mon samedi comme n'importe
quelle personne normale.

Comme je n'avais rien de mieux à faire aujourd'hui,
je suis passé voir Robert.

Robert est théoriquement mon meilleur ami, mais,
de toute évidence, ça va changer.

J'évite Robert depuis la rentrée, parce qu'il a fait
un truc qui m'a vraiment énervé.

C'était la fin de la journée, et on récupérait nos affaires dans nos casiers quand Robert m'a demandé :

Je lui ai déjà répété dix mille fois qu'on est au collège maintenant, et qu'au lieu de dire « jouer » on est censés dire « glander ». Mais, j'ai beau m'énerver autant que je veux, il a toujours tout oublié la fois d'après.

J'essaie de faire beaucoup plus attention à mon image depuis que je suis au collège. Mais le fait de me traîner Robert ne m'aide pas vraiment.

J'ai fait la connaissance de Robert il y a quelques
années, quand il a est arrivé dans le quartier.

Sa mère lui avait acheté un bouquin intitulé « Comment
se faire des amis dans de nouveaux lieux », et il est
venu chez moi pour tester ses formules débiles.

Je crois que Robert m'a fait un peu pitié.
Alors j'ai décidé de m'en occuper.

C'était super de l'avoir sous la main, surtout que
je pouvais essayer sur lui tous les sales tours que ME
joue Rodrick.

<u>Lundi</u>

Vous vous rappelez que Rodrick me joue toujours plein de sales tours ? Eh bien j'ai un petit frère qui s'appelle Manu, et il n'est PAS question que je lui fasse la moindre blague !

Mon père et ma mère protègent Manu comme si c'était au moins un prince. Et il ne se fait jamais gronder, lui, même quand il l'a bien mérité.

Hier, Manu s'est dessiné sur la porte de ma chambre au feutre indélébile. J'ai cru que les parents allaient vraiment l'engueuler, mais, comme d'habitude, je me trompais.

En fait, le truc qui me gave le plus avec Manu,
c'est le surnom qu'il m'a collé. Quand il était bébé,
il n'arrivait pas à prononcer Gregory, et il s'est mis à
m'appeler « Goly ». Et il continue de m'appeler comme
ça, même si je supplie les parents de le faire arrêter.

Heureusement, mes potes ne l'ont pas encore
découvert ; pourtant, vous pouvez me croire, il y a
des fois où j'ai eu chaud.

Le matin, maman m'oblige à aider Manu à se préparer
pour la crèche. Je lui fais son petit déjeuner,
et il emporte son bol de céréales dans le séjour
pour s'asseoir sur son pot.

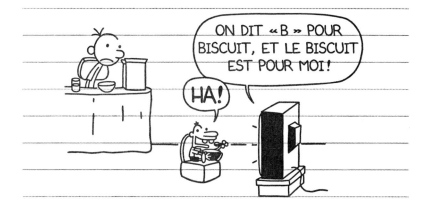

Et quand c'est l'heure de partir à la crèche, il se lève
et renverse ce qu'il n'a pas mangé dans son pot.

Maman me crie toujours dessus parce que je ne finis
pas mon petit déjeuner. Mais si elle devait racler
des corn-flakes au fond d'un pot en plastique tous
les matins, elle non plus n'aurait pas trop faim.

Mardi

Je ne sais pas si j'en ai déjà parlé, mais je suis
SUPER fort aux jeux vidéo. Je parie que
je pourrais battre n'importe quel élève de 5e.

Manque de bol, mon père n'apprécie pas vraiment
mes talents. Il est tout le temps sur mon dos
pour que je sorte et que je fasse quelque chose de plus
« actif ».

Alors ce soir, après dîner, quand papa s'est mis
à me harceler pour que j'aille dehors, j'ai essayé de lui
expliquer qu'avec une console vidéo, on peut faire plein
de sport, comme du foot ou du tennis, sans avoir
besoin de transpirer.

Mais, comme d'habitude, papa n'a rien compris
à ma logique.

Papa n'est pas stupide dans l'ensemble, mais quand il s'agit de pur bon sens, je me pose parfois des questions à son sujet.

Je suis certain que mon père démonterait ma console s'il savait comment faire. Heureusement, les gens qui fabriquent ces trucs se sont arrangés pour que les parents n'y pigent rien.

Dès que mon père m'envoie dehors pour que je fasse du sport, je vais jouer chez Robert avec sa console. Malheureusement, les seuls jeux auxquels on a droit là-bas sont les courses de voiture et ce genre de trucs.

Parce qu'à chaque fois que j'apporte un jeu chez Robert, son père vérifie sur un site Internet parental. Et s'il présente le MOINDRE combat ou la MOINDRE violence, il nous interdit d'y toucher.

Je commence à en avoir un peu marre de jouer aux courses de Formule 1 avec Robert, parce que c'est pas un concurrent sérieux comme moi. Pour le battre, il suffit que je donne un nom ridicule à ma voiture en début de partie.

Et dès que je dépasse sa voiture, il s'écroule
de rire.

Bon, quand j'en ai eu assez de traîner avec Robert,
je suis rentré chez moi. Pour donner l'impression
que j'avais transpiré, je suis passé deux ou trois fois
sous le tuyau d'arrosage des voisins, et ça a eu l'air
de marcher avec papa.

Mais ma ruse s'est retournée contre moi : dès qu'elle m'a vu dans cet état, maman m'a forcé à aller prendre une douche.

Mercredi

Je crois que mon père doit être très fier de son coup d'hier, parce qu'il a remis ça aujourd'hui et m'a obligé à sortir.

annoying

Ça commence à devenir vraiment pénible de devoir aller chez Robert à chaque fois que je veux jouer aux jeux vidéo. Il y a un type un peu barge qui s'appelle *crazy* Freddy et qui habite entre chez moi et chez Robert, et Freddy traîne toujours devant chez lui.

C'est plutôt dur de l'éviter.

Freddy est en EPS avec moi, et il a tout un langage inventé. Quand il a besoin d'aller aux toilettes, par exemple, il dit :

Nous, les élèves, on s'est fait une idée assez claire de Freddy maintenant, mais je crois pas que les profs aient vraiment saisi. *grasped*

Aujourd'hui, je serais sûrement allé chez Robert de toute façon, parce que mon frère Rodrick répète avec son groupe au sous-sol.

basement

Le groupe de Rodrick est VRAIMENT nul,
et j'arrive pas à tenir à la maison quand ils répètent.

Le groupe s'appelle « Couche crasseuse », seulement,
c'est marqué « Kuch kraceuz » sur la camionnette
de Rodrick.

On pourrait croire qu'il l'a écrit comme ça pour
que ça fasse plus cool, mais je parie que si on disait
à mon frère comment ça s'écrit vraiment,
il n'en reviendrait pas.

Papa n'était pas chaud pour que Rodrick monte
un groupe, mais maman était totalement pour.

C'est elle qui a acheté à Rodrick sa première batterie.

Je crois que maman avait dans l'idée qu'on allait tous apprendre à jouer d'un instrument pour former un de ces groupes familiaux, comme ceux de la télé.

Mon père DÉTESTE le heavy metal, et c'est le genre de musique que joue le groupe de Rodrick. Je crois que maman se fiche de ce que Rodrick joue ou écoute, parce qu'en réalité elle fait pas la différence.
Et même, tout à l'heure, pendant que Rodrick écoutait un CD dans le séjour, maman est arrivée et s'est mise à danser.

living room

Rodrick a trouvé ça vraiment GONFLANT *swelling*, alors il est sorti faire des courses, et il est revenu un quart d'heure plus tard avec un casque. Ça a réglé le problème.

Jeudi
Hier, Rodrick a acheté un nouveau CD de heavy metal, et il y avait un de ces autocollants marqués « Avertissement Parental » dessus. → *above*

J'ai jamais pu écouter de CD avec « Avertissement Parental » parce que les parents ne me laissent jamais en acheter au centre commercial. Alors j'ai compris que si je voulais écouter un jour le CD de Rodrick, il faudrait que je le sorte en douce de la maison.

Ce matin, j'ai appelé Robert et je lui ai dit d'apporter son baladeur ↓ *music player* au collège.

Et puis, après le départ de Rodrick, je suis descendu
dans sa chambre et j'ai pris le CD.

On n'a pas le droit d'apporter de baladeur au collège,
alors on a dû attendre après la cantine, le moment
où les profs nous laissent sortir. Dès qu'on a pu,
Robert et moi, on s'est planqués derrière le collège
et on a mis le CD de Rodrick dans l'appareil.

Mais comme Robert avait oublié de mettre des piles,
ça n'a servi à rien.

Alors j'ai eu une idée de génie pour passer le temps :
il fallait se coincer le casque sur la tête ⟶
et essayer de le faire tomber sans se servir
de ses mains.

winner · *the one*

Le vainqueur était celui qui se débarrassait
des écouteurs le plus vite.

J'ai battu le record avec sept secondes et demie,
mais je crois bien que j'ai dû perdre un ou deux
plombages sur ce coup-là.

fillings · *no ok*

Mais Mme Craig est arrivée et nous a surpris en pleine
action. Elle m'a arraché le baladeur et a entrepris
de nous faire la leçon. *snatched*

undertaken

Mais je crois qu'elle s'est complètement trompée
sur ce qu'on était en train de faire. Elle a commencé
par nous dire que le rock and roll est « mauvais »,
et que ça détruit le cerveau.
Je voulais lui expliquer qu'il n'y avait même pas de piles
dans le baladeur, mais je me rendais bien compte que
ce n'était pas le moment de l'interrompre. Je me suis
contenté d'attendre qu'elle ait terminé et puis
j'ai répondu : « Oui, madame. »

right on time

Et pile au moment où Mme Craig allait nous laisser
partir, Robert s'est mis à pleurnicher en disant
qu'il ne voulait pas que le rock and roll lui « détruise
le cerveau ».

whining   saying

Franchement, il y a des fois où je ne sais pas QUOI
PENSER de ce type.

Vendredi

Ça y est, je l'ai fait.

sneake

La nuit dernière, quand tout le monde a été couché, je me suis faufilé dans le séjour pour aller écouter le CD de Rodrick sur la chaîne.

brand new

J'ai mis le casque tout neuf de Rodrick et j'ai monté le volume SUPER fort. Ensuite, j'ai appuyé sur la touche « play ».

D'abord, je dois dire que je comprends maintenant pourquoi ils mettent l'autocollant « Avertissement Parental » sur le CD.

Mais je n'ai pu entendre qu'une trentaine de secondes du premier morceau avant d'être interrompu.

En fait, le casque n'était pas branché sur la chaîne.
La musique sortait donc par les ENCEINTES,
et pas par les écouteurs.

through the speakers

Mon père m'a reconduit dans ma chambre et il a fermé
la porte derrière lui avant de dire :

> TOI ET MOI, ON VA
> AVOIR UNE PETITE
> CONVERSATION,
> MON JEUNE AMI.

Quand papa vous appelle son « jeune ami »,
vous savez que vous êtes mal parti. La première fois
qu'il m'a appelé comme ça, j'ai pas compris qu'il
se fichait de moi, et je ne me suis pas méfié. *suspicious*

Aujourd'hui je ne commets plus la même erreur. *commit*

Cette nuit, papa m'a hurlé dessus pendant une bonne *yelled*
dizaine de minutes, et puis j'imagine qu'il s'est dit
qu'il serait mieux au lit que debout en caleçon dans
ma chambre. Il m'a annoncé que j'étais privé *private*
de jeux vidéo pendant quinze jours, ce qui correspondait
à ce à quoi je m'attendais. Je crois que je devrais être
content qu'il se soit arrêté là.
Ce qui est bien avec papa, c'est que quand il se met en
colère, ça retombe très vite, et puis on n'en parle plus.

anger   *falls*

44

Généralement, quand on fait n'importe quoi devant
mon père, il vous jette ce qu'il a sous la main à la figure.

throws at u

bon moment

mauvais moment

punishments

Pour ce qui est des punitions, maman fonctionne
COMPLÈTEMENT différemment. Si vous faites
above
n'importe quoi et qu'elle vous tombe dessus, sa première
réaction est de prendre quelques jours pour décider
quelle va être votre punition.

Alors, vous êtes là à attendre, vous vous montrez tout gentil avec elle pour essayer d'arranger les choses.

Mais au bout de quelques jours, juste au moment où vous commencez à oublier le problème, elle vous tombe dessus.

Lundi   prohibition

Cette interdiction de jeux vidéo est beaucoup plus dure
que je l'aurais cru. Mais au moins je ne suis pas
LE SEUL à avoir des problèmes dans cette famille.

Rodrick aussi a des problèmes avec maman   review
ces temps-ci. Manu a piqué une revue de heavy metal
de Rodrick et, à l'intérieur, il y avait la photo   car hood
d'une fille en maillot, couchée sur un capot de voiture.
Ensuite, Manu a montré le journal à toute sa crèche.
    lying down

    delighted
Bref, je ne crois pas que maman ait été ravie
de recevoir un coup de fil de la directrice.

J'ai vu le journal en question et, franchement, il n'y a
pas de quoi en faire un drame. Mais maman ne veut pas
de ce genre de choses à la maison.

La punition de Rodrick a été de répondre à
un questionnaire que maman lui a préparé :

Avoir ce journal fait-il de toi
quelqu'un de meilleur ?

Non.

Cela te rend-il
plus populaire au lycée ?

Non.

Comment te sens-tu maintenant
à l'idée d'avoir eu ce genre
de revue en ta possession ?

J'ai honte. → shame

As-tu quelque chose à dire
aux femmes pour avoir détenu
ce journal insultant ?

Pardon les femmes.

Mercredi

Je n'ai toujours pas le droit d'utiliser mes jeux vidéo, alors c'est Manu qui se sert de ma console. Maman est allée acheter tout un tas de programmes éducatifs, et c'est pour moi une vraie torture de regarder Manu s'amuser.

La bonne nouvelle, c'est que j'ai enfin trouvé un moyen de passer la censure du père de Robert avec mes jeux. Je mets un de mes DVD dans le boîtier de « Découvrir l'Alphabet » de Manu, et le tour est joué.

Jeudi

Au collège, aujourd'hui, on a annoncé que ce serait bientôt les élections du conseil des élèves.

Pour être honnête avec vous, je ne me suis jamais intéressé au conseil des élèves. Mais en y réfléchissant, je me suis dit que si je me faisais élire trésorier, ça changerait RADICALEMENT mon statut dans l'établissement.

Ou, encore mieux...

Personne ne se présente jamais au poste de trésorier
parce que tout le monde court toujours après
les titres de président ou vice-président.
Je pense donc que si je me mets sur la liste demain,
le poste est pratiquement gagné.

Vendredi
Je suis allé m'inscrire sur la liste pour l'élection
au poste de trésorier. Malheureusement, un type
qui s'appelle Martin Porter se présente aussi, et c'est
une tête en maths. Ce ne sera peut-être pas aussi
facile que je le pensais.

J'ai dit à papa que je me présentais et, du coup,
il est super excité. En fait, lui aussi s'est présenté
quand il était au collège, et il a gagné.

Papa a fouillé dans ses vieux cartons qui traînent
à la cave, et il a retrouvé une de ses affiches
de campagne.

INTÉGRITÉ
HONNÊTETÉ
SAVOIR-FAIRE

VOTEZ

Frank Heffley

AU POSTE DE

SECRÉTAIRE

J'ai trouvé l'idée de l'affiche plutôt bonne et j'ai
demandé à papa de m'emmener acheter des fournitures.
J'ai pris un tableau et des feutres, et j'ai passé
la soirée à préparer mon matériel de campagne.
Alors espérons que ces affiches seront efficaces.

Lundi

Aujourd'hui, j'ai apporté mes affiches au collège, et je dois dire qu'elles faisaient plutôt bon effet.

Je les ai accrochées tout de suite en arrivant.
Mais je ne les avais pas mises depuis trois minutes
que M. Roy, le principal adjoint, les a repérées.

M. Roy a dit qu'on n'avait pas le droit d'écrire
des « calomnies » sur les autres candidats. Alors
je lui ai répondu que l'histoire des poux était vraie,
et qu'on avait même failli fermer toute l'école.

Mais il a quand même décroché mes affiches.
Ce qui fait que Martin Porter a passé sa journée
à distribuer des sucettes pour s'acheter des voix
pendant que mes affiches gisaient au fond
de la poubelle de M. Roy. J'imagine que ça signifie
la fin officielle de ma carrière politique.

OCTOBRE

Lundi

Voilà, octobre est quand même arrivé et il ne reste
plus que trente jours avant Halloween. Halloween est
ma fête PRÉFÉRÉE, même si ma mère prétend que
je suis trop grand pour aller faire la tournée
des bonbons.

Halloween est la fête préférée de mon père aussi,
mais pas pour la même raison. Le soir de Halloween,
pendant que les autres parents distribuent
des sucreries, papa se cache derrière la haie avec
une grande poubelle remplie d'eau.

sweet

hedge

full

Et quand il y a des jeunes qui passent près de chez
nous, il les arrose.

sprinkles them

YAAARGH!

Je ne suis pas certain que papa ait compris le concept
de Halloween. Mais c'est pas moi qui vais l'empêcher
de s'amuser.

a candy or
sour trick
prevent
him

> UN BONBEC OU
> UN SALE TOUR !
> HÉ HÉ HÉ.

Aujourd'hui, c'était la réouverture de la MAISON
HANTÉE de Crossland, et maman a fini par accepter
de nous y emmener, Robert et moi.
Robert est arrivé chez moi avec son costume
de Halloween de l'année dernière. Au téléphone,
je lui avais pourtant demandé de s'habiller normalement
mais, bien sûr, il n'avait rien écouté.

J'ai essayé de ne pas y faire trop attention.
C'était la première fois que je pouvais voir la Maison
Hantée de Crossland, et je n'allais pas laisser Robert
me gâcher la sortie. Rodrick m'avait tout raconté,
et ça faisait au moins trois ans que j'en rêvais.

Enfin on est arrivés à l'entrée, et j'ai commencé
à me demander si on avait eu raison d'aller là-dedans.

BONSOOOOOIIIIIIR.

Maman avait l'air pressée d'en terminer et elle nous a
fait avancer. Dès qu'on a passé la porte, ça a été
un festival d'horreurs. Il y avait des vampires qui
vous sautaient dessus, des hommes sans tête et toute
sorte de trucs complètement dingues.

Le pire ^(chain saw) a été ce qu'ils appellent « la Rue de la Tronçonneuse ». Il y avait un type gigantesque qui portait un masque de hockey et qui tenait une VRAIE tronçonneuse. Rodrick m'avait dit que la lame était en caoutchouc, mais j'ai préféré ne pas prendre ^(de plac de) le risque. ↓ rubber

R...RRRRRRRRRRRR !

Juste au moment où le type à la tronçonneuse allait nous attraper, maman est venue nous sauver.

CE N'EST PAS BIEN !

PARDON, MADAME !

Maman a demandé au type à la tronçonneuse de nous
montrer la sortie, et ça a été la fin de notre visite
à la Maison Hantée. C'était peut-être un peu gênant
que ma mère soit intervenue, mais je veux bien fermer
les yeux pour cette fois.

embarassing

Samedi

cosis

La Maison Hantée m'a donné des idées. Ça coûte
cinq dollars l'entrée, et la queue faisait pratiquement
le tour du lycée.
Alors j'ai décidé de monter ma propre maison hantée.
En fait, il fallait que je prenne Robert dans l'affaire
parce que ma mère n'allait pas me laisser transformer
notre rez-de-chaussée en manoir hanté.

Je savais que le père de Robert ne serait pas trop
pour non plus, alors on a décidé d'installer notre
maison hantée dans son sous-sol et de ne rien dire.

Robert et moi avons passé la majeure partie
de la journée à dresser un plan d'épouvante pour
notre maison hantée.

of horror

59

Voici notre projet final :

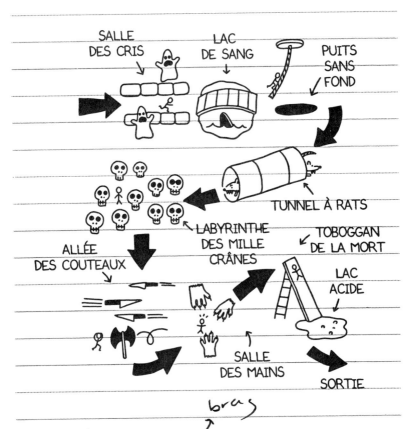

SALLE DES CRIS

LAC DE SANG

PUITS SANS FOND

TUNNEL À RATS

ALLÉE DES COUTEAUX

LABYRINTHE DES MILLE CRÂNES

TOBOGGAN DE LA MORT

LAC ACIDE

SALLE DES MAINS

SORTIE

bras →

Je ne voudrais pas me vanter ni rien, mais notre projet était bien meilleur que la Maison Hantée de Crossland.

On s'est vite rendu compte qu'on allait devoir faire connaître notre projet, alors on a pris du papier et on a fabriqué des pubs.
↓
ads

60

Je reconnais qu'on a peut-être exagéré un peu
la vérité, mais il fallait bien attirer les clients.

had to

MAIS☠N
HANTÉE
shark
(OUTCH) AVEC DES REQUINS
VIVANTS !

32 RUE SURREY
ENTRÉE : 50 ¢
15 H 00

neighbourhood

Le temps qu'on ait fini de distribuer nos pubs *basement*
dans le quartier et qu'on soit revenus dans le sous-sol
de Robert, il était déjà 14 h 30, et on n'avait même
pas encore commencé à préparer notre maison hantée.

On a donc dû faire un peu plus simple que prévu.

À 15 heures, on a regardé dehors pour voir s'il y avait des clients. Une vingtaine de gamins du quartier faisait déjà la queue devant la maison de Robert.

Bon, je sais que c'était marqué cinquante centimes sur notre prospectus, mais j'ai bien vu qu'on allait pouvoir faire un malheur sur ce coup-là.

Alors j'ai dit aux gosses que l'entrée était à deux balles et que les cinquante centimes annoncés étaient une faute d'imprimerie.

Le premier à cracher ses deux dollars a été Denis Snella. Il a payé et on l'a fait entrer. Ensuite, Robert et moi, on a couru se mettre en place dans la Salle des Cris.

La Salle des Cris c'était en fait un lit,
avec Robert et moi en train de hurler à chaque bout.

Je suppose qu'on a dû y aller un peu fort sur la Salle
des Cris, parce qu'on n'en était même pas à la moitié
du programme quand Denis s'est roulé en boule
sous le lit. On a essayé de le convaincre de sortir
de là, mais il refusait de bouger.

Je commençais à penser à tout l'argent qu'on perdait
avec ce gosse qui bloquait la Salle des Cris, et je savais
qu'on avait intérêt à le sortir de là, et vite.

Le père de Robert a fini par descendre. D'abord,
j'ai été content de le voir, parce que je me suis dit
qu'il pourrait nous aider à tirer Denis de sous le lit
et à remettre notre maison hantée sur les rails.

63

Mais le père de Robert n'était pas vraiment d'humeur
à nous donner un coup de main.

give us a hand ↓

Le père de Robert a voulu savoir ce qu'on faisait
et POURQUOI Denis Snella était roulé en boule
sous le lit.
On lui a expliqué que sa cave était une maison hantée,
et que Denis nous avait PAYÉS pour lui faire peur.
Mais le père de Robert ne nous a pas crus.

at first look ?

Je reconnais qu'au premier coup d'œil, ça ne ressemblait
pas vraiment à une maison hantée. On n'avait eu
le temps d'installer que la Salle des Cris et le Lac
de Sang, qui n'était en fait que la vieille piscine de bébé
de Robert avec une demi-bouteille de Ketchup dedans.

blood *en fait → actual*

J'ai essayé ~~departure~~ de montrer au père de Robert notre projet de départ, pour lui prouver que c'était vraiment une opération sérieuse, mais il n'a pas eu l'air très convaincu.

to prove him

Bref, pour faire court, ça a été la fin de notre maison hantée.

Le bon côté des choses, vu que le père de Robert ne nous a pas crus, c'est qu'on n'a pas été obligés de rendre l'argent à Denis. Alors on s'est quand même fait deux dollars.

we still

Dimanche

À cause de l'histoire de la maison hantée d'hier,
Robert est puni. Il est privé de télé pour
toute la semaine ET il n'a pas le droit de m'inviter
chez lui pendant toute cette période.

Ça (la deuxième partie), c'est vraiment pas juste,
parce que c'est moi que ça punit, et que je n'ai rien
fait de mal. Où est-ce que je suis censé jouer *supposé*
à mes jeux vidéo maintenant? *Lol he has now*
have to
play video
Comme je me sentais un peu mal pour Robert, ce soir, *game*
j'ai voulu lui faire plaisir. J'ai mis l'une de ses émissions
préférées à la télé et je lui ai fait un commentaire
en direct par téléphone pour qu'il puisse quand même
suivre l'histoire.

OUAH! VISE-MOI LA TAILLE
DE CE LANCE-FLAMME!

AH OUI,
DOMMAGE.

J'ai fait de mon mieux pour bien raconter tout ce qui se passait à l'écran, mais, pour être honnête, je ne suis pas certain que Robert ait bien capté tous les effets.

JE PARIE QUE LÀ, ÇA VA VRAIMENT ÊTRE DRÔLE.

VLAN! HA! HA! QU'EST-CE QUE J'AVAIS DIT? C'ÉTAIT DRÔLE.

<u>Mardi</u>

Ça y est, la punition de Robert est enfin terminée, et juste à temps pour Halloween. Je suis allé chez lui vérifier son costume, et je dois avouer que j'ai été un peu jaloux.

Sa mère lui a trouvé une tenue de chevalier qui est

BEAUCOUP plus cool que son déguisement de l'année dernière.

Il y a un casque, un bouclier, une vraie épée et
TOUT L'ÉQUIPEMENT.

sword

Moi, j'ai jamais eu de déguisement tout fait. J'ai pas
encore trouvé ce que j'allais mettre demain soir,
alors j'inventerai sûrement quelque chose à la dernière
minute. Je vais peut-être refaire le coup de la Momie
en PQ.
Mais je crois qu'il va pleuvoir, demain soir,
alors ce ne serait pas un choix très judicieux.

judicious

Ces dernières années, les adultes de mon quartier n'ont pas paru apprécier mes costumes foireux, et je commence à me demander si ça n'a pas un effet sur la quantité de sucreries que je récolte.

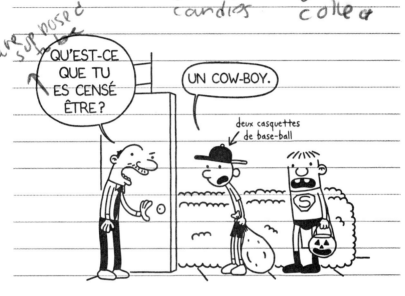

QU'EST-CE QUE TU ES CENSÉ ÊTRE ?

UN COW-BOY.

deux casquettes de base-ball

Mais je n'ai pas vraiment le temps de me fabriquer un bon déguisement, parce que je dois réfléchir au meilleur trajet à suivre pour Robert et moi demain soir.

Cette année, j'ai prévu un parcours qui devrait nous rapporter deux fois plus de bonbons que l'an dernier.

Halloween

Une heure avant de partir faire la tournée des bonbecs, je n'avais toujours pas de déguisement. J'en étais au point où j'envisageais sérieusement de me remettre en cow-boy, comme l'année dernière.

Knocked

C'est à ce moment-là que ma mère a frappé à la porte et m'a donné une tenue de pirate avec bandeau pour l'œil, crochet et tout l'équipement.

Robert est arrivé vers 18 h 30 en costume de chevalier ; seulement, ça ne ressemblait plus DU TOUT à son déguisement d'hier.
Sa mère avait pris tout un tas de mesures de sécurité, et on ne pouvait même plus deviner ce qu'il était censé être.

Elle avait découpé un grand trou sur l'avant du casque, pour qu'il puisse mieux voir, et elle avait mis de l'adhésif fluorescent partout. Elle l'avait obligé à mettre son gros anorak en dessous et avait remplacé son épée par un bâton lumineux.

J'ai pris ma taie d'oreiller et, Robert et moi, on était prêts à partir. Mais ma mère nous a arrêtés avant qu'on arrive à la porte.

JE VEUX QUE TU EMMÈNES MANU AVEC TOI !

Et voilà, j'aurais dû me douter qu'il y avait un piège
quand maman m'a donné ce costume!

(annotations manuscrites : « I shoud have doubed myself », « trop »)

J'ai dit à ma mère qu'il n'était pas question de prendre
Manu avec nous, parce qu'on avait prévu d'aller voir
152 maisons en trois heures. Et en plus, on allait
passer par Snake Road, ce qui est beaucoup trop
dangereux pour un petit comme Manu.

Je n'aurais jamais dû dire ça parce que, juste après,
maman demandait à mon père de nous accompagner
pour vérifier qu'on ne sortirait pas du quartier.
Papa a cherché comment y échapper, → escape
mais quand maman a décidé quelque chose, il n'y a pas
moyen de la faire changer d'avis.

On était à peine sortis qu'on est tombés sur notre
voisin, M. Mitchell, et son gamin, Jeremy.
Et, bien sûr, il a fallu qu'ils viennent avec nous.

Manu et Jeremy refusaient d'aller sonner aux maisons
décorées pour faire peur, ce qui éliminait pratiquement
toutes les baraques du coin.

M. Mitchell et mon père ont commencé à parler
de foot ou quelque chose de ce genre, et à chaque fois
qu'ils voulaient expliquer un truc, ils s'arrêtaient
de marcher.

Alors on a fait à peu près une maison toutes les vingt
minutes.

Au bout de deux heures, papa et M. Mitchell ont ramené les petits à la maison.

J'étais soulagé parce que ça voulait dire que Robert et moi, on allait enfin pouvoir foncer. Ma taie d'oreiller était pratiquement vide et je voulais rattraper le temps perdu.

À un moment, Robert m'a dit qu'il avait besoin d'aller aux toilettes. Je l'ai forcé à se retenir pendant bien trois quarts d'heure mais, quand on est arrivés chez ma grand-mère, il était clair que si je ne le laissais pas entrer, ça n'allait pas être beau à voir.

Alors je lui ai dit que je lui donnais une minute et que, passé ce délai, je piocherais dans ses bonbons.

74

Ensuite, on est retournés dans la rue. Mais il était déjà 22 h 30, et j'imagine que c'est l'heure où la plupart des adultes décident que Halloween est terminé. Ça se voit parce qu'ils commencent à venir ouvrir en pyjama en vous jetant des regards mauvais.

On s'est dit qu'on allait rentrer. Après le départ de papa et de Manu, on avait pas mal rattrapé le temps perdu, et j'étais plutôt content du tas de bonbons qu'on avait récolté.

On avait fait la moitié du chemin quand une camionnette est arrivée en rugissant, avec plein de grands du lycée.

Celui qui se trouvait à l'arrière tenait un extincteur
et, au moment où la camionnette passait devant nous,
il a ouvert le feu.

Je peux remercier Robert d'avoir arrêté 95 % du jet
avec son bouclier. S'il n'avait pas fait ça,
tous nos bonbons auraient été fichus.

Mais alors que la camionnette s'éloignait, j'ai hurlé
quelque chose que j'ai regretté la seconde d'après.

Le conducteur a pilé sec et a fait demi-tour.
Robert et moi, on s'est mis à courir, mais ces types
nous serraient de près.

La seule planque qui m'est venue à l'esprit a été chez
ma grand-mère. On a coupé par deux ou trois jardins
privés pour arriver là-bas. Grand-mère était déjà
couchée, mais je savais qu'elle gardait une clé sous
son paillasson. $\longrightarrow$ door mat

window

Une fois à l'intérieur, j'ai regardé par la fenêtre pour
voir si les types nous avaient suivis et, bien évidemment,
c'était le cas. J'ai essayé de ruser pour qu'ils s'en aillent,
mais ils ne voulaient pas bouger. trick

OHÉ! ON EST CHEZ
NOUS MAINTENANT!
VOUS NE POURREZ PAS
NOUS AVOIR!

On a fini par comprendre que ces types n'allaient pas partir, alors on a décidé de passer la nuit chez grand-mère. Ça nous a donné envie de faire les malins, et on a imité des cris de singe et tout ça pour se payer leur tête.

Enfin, moi, je faisais des cris de singe. Robert, lui, faisait plutôt des cris de hibou, mais je suppose que l'idée était la même.

J'ai appelé ma mère pour lui dire qu'on allait dormir chez grand-mère. Mais ma mère a piqué une crise au téléphone. Elle a dit qu'on avait école le lendemain et qu'on devait rentrer sur-le-champ. Ça voulait dire qu'il allait falloir courir vite.

J'ai regardé par la fenêtre et, cette fois, je n'ai pas vu la camionnette. Mais je savais que ces types se cachaient quelque part et qu'ils essayaient juste de nous attirer dehors.

On est donc sortis par la porte de derrière, on est passés par-dessus la haie de grand-mère et on a couru jusqu'à Snake Road. Je me suis dit qu'on aurait plus de chance de s'en sortir en passant par là, parce que la rue n'est pas éclairée. Snake Road est déjà assez effrayante sans avoir une camionnette pleine de sadiques à vos trousses.

À chaque fois qu'on voyait arriver une voiture, on plongeait dans les buissons. On a bien dû mettre une demi-heure pour faire cent mètres.

Pourtant, vous n'allez pas me croire, mais on a réussi
à rentrer sans se faire prendre. On est restés
tous les deux en vigilance orange jusqu'à ce qu'on arrive
devant chez moi.

AHHHHHHHH...

Mais, juste à ce moment-là, il y a eu un cri horrible,
et on a vu une vague gigantesque se précipiter sur nous.

wave gigante

SPLACH

Bon sang, j'avais complètement oublié papa, et il nous
l'a fait payer cher.

OUPS!
HÉ HÉ HÉ.

Robert et moi, on est rentrés et on a vidé tous
nos bonbons sur la table de la cuisine.

Les seuls trucs qu'on a pu sauver c'étaient des pastilles
à la menthe emballées et les brosses à dents que
nous avaient données le docteur Garrison.

Je crois qu'au prochain Halloween, je vais rester
à la maison et me contenter de grignoter les barres
de céréales que maman garde sur le frigo.

NOVEMBRE

Jeudi

Le car qui m'emmène au collège passe devant la maison de grand-mère. Elle a été entièrement décorée avec du papier toilette pendant la nuit. Fallait s'y attendre.

retirement

Je ne me sens pas très fier parce que visiblement ça va prendre du temps pour tout nettoyer. Mais, si on regarde le bon côté des choses, grand-mère est à la retraite, et elle n'avait sûrement rien de prévu pour aujourd'hui.

Mercredi

En troisième heure, M. Dubois, notre prof d'EPS, a annoncé que les garçons allaient faire de la lutte pendant les six semaines à venir.

struggle

S'il y a quelque chose que la majorité des garçons de mon collège sait faire quasi professionnellement, c'est se battre. M. Dubois aurait tout aussi bien pu lâcher une bombe.

1er 90

Le déjeuner vient juste après l'EPS, et la cantine a été transformée en véritable champ de bataille.

Je ne sais vraiment pas à quoi ils pensent, au collège, en créant une équipe de lutte.

Mais j'ai décidé que si je ne voulais pas me faire ratatiner comme une crêpe pendant le mois et demi qui allait suivre, je ferais mieux de m'entraîner à la maison.

J'ai donc loué des jeux vidéo pour apprendre certaines
prises. Et vous savez quoi ? Au bout d'un moment,
j'ai commencé à comprendre comment ça marche.

En fait, les mecs de ma classe ont intérêt à se méfier,
parce que si je continue comme ça, je pourrais devenir
une vraie terreur.

84

Mais là encore, il faut que je fasse gaffe de ne pas devenir TROP bon. Il y a un type qui s'appelle Quentin Depool et qui a été nommé Athlète du Mois parce qu'il a été le meilleur joueur de l'équipe de basket. Alors on a mis sa photo dans le hall du collège.

Il n'a pas fallu plus de cinq secondes pour que tout le monde s'aperçoive de ce que ça donnait quand on prononçait son nom tout haut. Et après, pour Quentin, ça a vraiment été l'horreur.

Jeudi

wrestling match Bon, je viens d'apprendre que le genre de lutte que va nous enseigner M. Dubois n'a RIEN À VOIR avec les parties de catch qu'on voit à la télé. *tight*

D'abord, on doit tous mettre une sorte de maillot qui ressemble à des maillots de bains des années 1800 au moins.

straps

Et ensuite, il n'est pas question de coller des baffes ni de donner des grands coups sur la tête avec des chaises, ni rien de ce genre. *sweat*

chair

ring Il n'y a même pas de ring avec des cordes autour. En fait, on a juste un vieux tapis plein de sueur qui pue comme si on ne l'avait jamais nettoyé.

stinks

M. Dubois a commencé par demander des volontaires
pour nous montrer quelques prises, mais il était
hors de question que je lève la main.

Robert et moi, on a essayé de se planquer au fond
du gymnase, juste derrière le rideau, mais c'est là
que les filles faisaient leur cours d'aérobic.

On s'est dépêchés de sortir, et on a rejoint
le groupe des garçons.

M. Dubois m'a repéré, sûrement parce que j'étais
le plus léger de la classe et qu'il pouvait me balancer
dans tous les sens sans trop forcer. Il a montré
à tout le monde comment faire une « manchette »,
un « renversement », une « clé » et plein d'autres
trucs de ce genre.

Quand il est passé à cette prise appelée le « porté
sur épaules », j'ai senti un courant d'air me glisser
dans le bas du dos, et j'ai su que mon maillot
ne me couvrait pas si bien que ça.
C'est là que j'étais soulagé que les filles soient
de l'autre côté du gymnase.

slide into
si' my
lower
bo

relieved

M. Dubois nous a répartis par poids. Ça m'a d'abord
rassuré, parce que ça voulait dire que je n'aurais pas
à me battre contre des types comme Benny Wells,
qui peuvent soulever plus de cent kilos à bout de bras.

guys

@ arm's
lengh

Mais quand j'ai découvert contre qui J'ALLAIS
DEVOIR me battre, j'aurais sans hésiter échangé
contre Benny Wells.

Freddy était le seul qui soit assez léger pour se battre
contre moi. Et il avait visiblement été très attentif
quand M. Dubois donnait ses instructions, parce qu'il
m'a cloué au sol de toutes les manières possibles.
J'ai passé toute l'heure à faire connaissance avec
Freddy bien plus que je ne l'aurais voulu.

Mardi

Cette session de lutte a mis tout le collège en transe.
Maintenant, les garçons se battent dans les couloirs,
dans les classes, partout. Mais c'est pendant le quart
d'heure de récré après la cantine que c'est le pire.

On ne peut plus faire deux mètres sans tomber
sur des types en train de s'entraîner. Moi, j'essaie
de garder mes distances. Et vous pouvez me croire,
un crétin va finir par tomber sur le Fromage et faire
repartir toute cette histoire de marque maléfique.

Mon autre gros problème, c'est qu'il n'y a pas un jour
sans que je doive me battre contre Freddy.
Mais, ce matin, j'ai pensé à un truc: si je sors
de la catégorie de poids de Freddy, je ne serai plus
plus obligé de combattre contre lui.

Alors, aujourd'hui, j'ai bourré mes vêtements avec
des paires de chaussettes et des tee-shirts pour essayer
de passer dans la catégorie au-dessus.
Mais j'étais toujours trop léger pour changer.

Il fallait donc vraiment que je prenne du poids.
Je me suis d'abord dit que j'allais me gaver
de sucreries mais, ensuite, j'ai eu une bien meilleure
idée.

91

J'ai décidé de gagner du poids en MUSCLES et pas
en gras.

Jusque-là, je ne m'étais jamais tellement préoccupé
de mon corps, mais cette session de lutte m'a fait
reconsidérer la question.
Je me suis dit que si je pouvais me muscler un peu,
ça pourrait être très utile au bout du compte.

Au printemps, on a football américain, et on nous
sépare en deux équipes : les tee-shirts contre les torses
nus. Et je me retrouve TOUJOURS torse nu.

skinlly
Je crois qu'ils font ça pour que tous les maigres aient
honte de leur corps.
d
ashamed

OUMPF!

Si je pouvais prendre un peu de muscles maintenant,
la situation serait bien différente en avril prochain.

Ce soir, après dîner, j'ai pris mes parents à part
et je leur ai exposé mon plan. Je leur ai dit que j'allais
avoir besoin d'un bon matériel de musculation et aussi
de poudre énergétique pour prendre du poids.
Je leur ai montré les revues de culturisme que j'avais
achetées pour qu'ils puissent voir comme j'allais être
canon.

Au début, maman n'a pas dit grand-chose,
alors que papa était très enthousiaste.
Je crois qu'il était très content que je me sois enfin
décidé à changer d'avis au sujet des muscles...

SI TU T'ENTRAÎNES RÉGULIÈREMENT, TU POURRAS AVOIR DE GROS MUSCLES !

C'EST MOCHE LES GROS MUSCLES !

haltères →

Et puis ma mère a dit que si je voulais des haltères,
je devrais d'abord prouver que je pouvais suivre
un programme régulier. Pour ça, il faudrait   push up
que je fasse quinze jours d'abdos et de pompes.
                                        abs

J'ai dû expliquer que la seule façon de se muscler
vraiment était d'avoir le genre de matériel ultra
perfectionné qu'on trouve dans les clubs de gym,
mais maman n'a rien voulu entendre.
                        heard

94

Alors mon père a dit que si je voulais un banc
de musculation, je pouvais toujours croiser les doigts
et espérer l'avoir pour Noël.

Mais Noël n'est que dans un mois et demi.
Et si je dois me battre encore une fois contre
Freddy, je vais péter un câble. → go crazy

Il semble donc que mes parents ne vont rien faire
~ seems
pour moi, ce qui veut dire que je vais devoir me
débrouiller tout seul, comme d'habitude.
↓ unravel

Samedi   in a rush
J'avais hâte de commencer mes exercices dès aujourd'hui.
Ce n'est pas parce que maman n'a pas voulu
m'acheter le matériel dont j'ai besoin que j'allais baisser
les bras.

↓ give up

Fill sand bottle

J'ai ouvert le frigo et vidé les bidons de lait et de jus d'orange pour les remplir de sable. Puis je les ai scotchés à chaque bout d'un manche à balai, et ça m'a donné des haltères tout à fait correctes.

broom handle

dumbell absolutely tape then

LAIT

ironing bench

bench

Ensuite, je me suis fabriqué un banc de musculation avec une planche à repasser et des cartons. Il ne me restait plus qu'à commencer sérieusement à soulever les poids.

Was to start seriously lifting weight all that was left

Il me fallait encore un partenaire, alors j'ai appelé Robert. Mais quand il est arrivé dans sa tenue ridicule, j'ai su que j'avais fait une erreur en lui demandant de venir.

J'ai laissé passer Robert en premier sur le banc
de musculation, surtout parce que je voulais vérifier
que le manche à balai était assez solide.

Au bout d'une demi-douzaine de soulevés il voulait
arrêter, mais je ne l'ai pas laissé faire. C'est à ça que
sert un bon partenaire d'entraînement : à vous pousser
à dépasser vos limites.

> ENCORE QUINZE !
> ALLEZ !

Je savais que Robert ne serait pas aussi assidu que moi
aux haltères, alors j'ai décidé de tenter une expérience
pour tester sa motivation.

Au milieu de sa séance, je suis allé chercher le faux
nez avec la moustache que Rodrick range avec
son bazar.

Et, juste au moment où Robert a abaissé la barre,
je me suis penché au-dessus de lui.

Ça n'a pas raté : Robert s'est complètement
déconcentré. Il n'arrivait même plus à soulever
la barre de sa poitrine. J'ai bien pensé l'aider,
mais je me suis dit que s'il ne travaillait pas un peu
sérieusement, il ne pourrait jamais arriver à mon niveau.

J'ai quand même dû lui filer un coup de main parce qu'il
commençait à mordre dans un des bidons pour vider
le sable.

Après la séance de Robert, c'était à mon tour
de monter sur le banc de musculation. Mais Robert a
décrété qu'il n'avait plus envie de s'exercer et il est
rentré chez lui.
En fait, je m'attendais plus ou moins à ce coup-là.
Mais on ne peut sans doute pas espérer que tout
le monde soit aussi motivé que soi.

Mercredi
Aujourd'hui, on a eu un contrôle de géographie,
et je dois avouer que je comptais dessus depuis déjà
un bon moment.

L'interro portait sur la capitale des États, et moi,
je suis assis au fond de la classe, juste à côté
d'une grande carte des États-Unis. Toutes les capitales
sont en rouge, alors j'étais sûr que j'allais cartonner.

Mais, juste avant le début du contrôle, Patty Farrell, qui est assise dans les premiers rangs, a levé la main.

Et elle a dit à M. Ira qu'il ferait mieux de cacher la carte des États-Unis avant de donner les questions.

Alors, à cause de Patty, j'ai foiré mon contrôle. Mais croyez bien qu'elle me le paiera !
J'y veillerai.

Jeudi

Ce soir, maman est montée dans ma chambre,
et elle tenait un prospectus à la main. Dès que je l'ai
vu, j'ai su EXACTEMENT ce que c'était.

C'était l'annonce que le collège fait passer
des auditions pour le spectacle de cet hiver. Pfff !
J'aurais dû balancer ce truc à la poubelle quand je l'ai
vu sur la table de la cuisine.

trash

J'ai SUPPLIÉ ma mère de ne pas m'inscrire.
Ces spectacles sont toujours des comédies musicales,
et je n'ai vraiment pas besoin de me retrouver
à chanter devant tout le collège.

Mais toutes mes prières n'ont eu pour seul effet que
de convaincre ma mère que je devais participer.

Elle a dit que le seul moyen de pouvoir connaître un jour « l'harmonie » était d'essayer des choses différentes.

Papa est venu voir ce qui se passait. Je lui ai dit que maman voulait m'inscrire pour jouer dans le spectacle du collège, et que si je commençais à avoir des répétitions, ça ficherait mon programme de musculation en l'air.
Je savais que ça mettrait papa de mon côté.
Ils se sont donc disputés pendant plusieurs minutes. Mais contre maman, mon père n'avait aucune chance.

Résultat : demain, je dois aller passer l'audition pour le spectacle.

Vendredi
Cette année, le collège va monter « Le Magicien d'Oz ». Il y a plein d'élèves qui sont venus avec le costume du rôle qu'ils présentaient.

Moi, j'ai jamais vu le film, alors j'ai eu l'impression de me retrouver dans une espèce de foire aux monstres.

Mme Norton, la prof de musique, nous a tous fait chanter l'hymne américain pour qu'elle puisse entendre nos voix. J'ai passé l'audition avec d'autres garçons que leur mère avait obligés à venir eux aussi. J'ai essayé de chanter le plus discrètement possible mais, bien sûr, je me suis fait repérer quand même.

Je n'ai pas la moindre idée de ce qu'est un « soprano »
mais, à la façon dont les filles ont gloussé, j'ai su que
ce n'était pas une bonne chose. chuckle

Les auditions ont été interminables. Le plus mortel
a été le choix de Dorothée, qui est, je suppose,
le rôle principal du spectacle.
Et qui d'autre que Patty Farrell pouvait passer
en premier !

J'ai bien pensé me présenter pour le rôle
de la sorcière, parce que d'après ce que j'ai entendu
dire, dans la pièce, la sorcière en fait vraiment baver
à Dorothée.

Mais on m'a appris qu'il y avait une gentille
et une méchante sorcière, et, avec la chance que j'ai,
je serais sûrement pris pour être la gentille.

Lundi

J'espérais que Mme Norton ne me garderait pas
pour le spectacle, mais elle a dit aujourd'hui que tous
ceux qui avaient passé l'audition auraient un rôle.
C'est bien ma veine.

Mme Norton nous a montré le film du « Magicien d'Oz »,
pour que tout le monde connaisse l'histoire. J'essayais
de voir quel rôle je pourrais bien interpréter,
mais pratiquement tous les personnages doivent chanter
ou danser à un moment ou à un autre. Pourtant,
vers le milieu du film, j'ai enfin trouvé un personnage
intéressant. Je voulais faire un arbre parce que
1) ils ne chantent pas, et 2) ils bombardent Dorothée
avec des pommes.

Pouvoir balancer en public des pommes sur Patty Farrell ce serait trop génial ! Il faudra même que je remercie ma mère de m'avoir obligé à faire ce spectacle, une fois que tout sera terminé.

Après la fin du film, je me suis inscrit pour le rôle d'un arbre. Malheureusement, on était plusieurs à avoir eu la même idée, alors j'imagine qu'il y en a pas mal qui ont un compte à régler avec Patty Farrell.

Mercredi

Eh bien, comme dit ma mère, mieux vaut faire attention à ce qu'on souhaite ! J'ai effectivement décroché un rôle d'arbre, mais je ne suis pas sûr que ce soit si génial que ça. Les costumes d'arbre n'ont même pas de trous pour les bras, alors ça empêche sûrement de lancer des pommes.

Je devrais déjà m'estimer heureux d'avoir un rôle parlant. Il y avait trop de candidats à l'audition et pas assez de rôles, alors ils ont dû créer des personnages.

Noah James a auditionné pour être le robot, mais il s'est retrouvé coincé en buisson.

Vendredi

Vous vous rappelez quand je vous ai dit que je devais m'estimer heureux d'avoir un rôle parlant ? Eh bien, aujourd'hui, j'ai découvert que je n'ai qu'une seule réplique de tout le spectacle ! Je la dis quand Dorothée arrache une pomme à une de mes branches.

AÏE.

Ce qui veut dire que je dois me taper deux heures par jour de répétitions juste pour prononcer ce mot ridicule.

Je commence à me dire que Noah James est mieux loti que moi avec son buisson. Il a trouvé le moyen de cacher un jeu vidéo dans son costume, et je parie que ça aide vraiment à passer le temps.

bip
boup
bip
boup

J'en suis donc à essayer de trouver comment me faire virer de la pièce par Mme Norton. Mais quand on n'a qu'un seul mot à dire, c'est vraiment dur de se tromper dans ses répliques.

AÏAÏAÏAÏE ?

DÉCEMBRE

Jeudi

Le spectacle doit avoir lieu dans deux jours
et je ne vois vraiment pas comment on va y arriver.

D'abord, personne ne s'est cassé la tête à apprendre
son texte, et c'est entièrement la faute de Mme Norton.
Pendant les répétitions, elle se met sur le côté
de la scène et souffle les répliques à tout le monde.

JE VAIS T'AVOIR, MA JOLIE!

JE VEUX BOIRE, MA JOLIE!

?

Je me demande ce que ça va donner mardi prochain,
quand Mme Norton sera assise derrière son piano,
à dix mètres de la scène.

Et ce qui n'arrange rien aussi, c'est que Mme Norton
n'arrête pas de rajouter de nouvelles scènes
et de nouveaux personnages.

Hier, elle a ramené un petit de CP pour faire Toto,
le chien de Dorothée. Mais aujourd'hui, la mère du gosse
est venue dire qu'elle voulait que son enfant marche
sur ses deux jambes, parce que ce serait trop
« dégradant » de jouer à quatre pattes.

On se retrouve donc avec un chien qui va devoir marcher
sur ses pattes arrière pendant tout le spectacle !

Mais le pire, c'est que Mme Norton nous a écrit
une chanson pour NOUS, les arbres. Elle a dit que
tout le monde « méritait » de pouvoir chanter dans
la pièce.

Alors on a passé une heure à apprendre la chanson la plus naze qui ait jamais été écrite.

Heureusement, Rodrick ne sera pas là pour me voir me ridiculiser ! Mme Norton a dit que le spectacle ne serait pas une adaptation « très stricte », et je sais que ce n'est pas la peine de compter sur Rodrick pour mettre une cravate à un spectacle de collège.

Enfin, aujourd'hui, tout n'a pas été si mal.
Vers la fin de la répétition, Archie Kelly a trébuché sur Noah James et a perdu un bout de dent parce qu'il n'a pas pu se servir de ses mains pour amortir sa chute.

Donc, la bonne nouvelle, c'est qu'on va nous laisser faire des trous pour les bras dans le tronc des arbres.

Mardi

Ce soir, c'était la superproduction scolaire du « Magicien d'Oz ». Le spectacle n'avait même pas encore commencé que ça paraissait déjà mal parti.

J'ai jeté un coup d'œil derrière le rideau pour vérifier s'il y avait du monde dans le public, et devinez qui j'ai vu, tout devant ? Mon frère Rodrick, avec une cravate à élastique.

Il avait dû apprendre que je chantais et n'avait pas
pu résister au plaisir de me voir m'humilier en public.

La pièce était censée commencer à 20 heures,
mais on a pris du retard parce que Noah James était
mort de trac.
On imaginerait que quelqu'un dont le rôle est de rester
assis sur scène, sans bouger, pourrait bien faire
un petit effort pour une représentation. Mais Noah
était paniqué et sa mère a dû venir le chercher.

Le spectacle a donc démarré vers 20 h 30. Personne
ne se souvenait de son texte, comme je l'avais prédit,
mais Mme Norton faisait quand même avancer les choses
avec son piano.

Le gosse qui jouait Toto a apporté un tabouret
et des BD sur la scène, et ça a complètement bousillé
l'effet « chien ».

Au moment de la scène dans la forêt, les autres
arbres et moi, on a sauté sur l'estrade. Le rideau
s'est levé et, juste à ce moment-là, j'ai entendu
la voix de Manu.

Super ! J'avais réussi à cacher ce surnom pendant
des années, et voilà qu'en une seconde, toute la ville
était au courant. Je sentais au moins 300 paires
d'yeux soudain braquées sur moi.

Alors j'ai fait une petite improvisation pour détourner
l'attention sur Archie Kelly.

Mais le pire était encore à venir. Quand j'ai entendu
Mᵐᵉ Norton entamer les premiers accords de « Trois
troncs marrons », j'ai senti mon ventre se contracter.

J'ai levé les yeux vers le public et j'ai vu que Rodrick
tenait une caméra.

Je savais que si je chantais, et que Rodrick me filmait,
il conserverait la bande et s'en servirait contre moi
jusqu'à la fin de mes jours.

J'étais coincé, alors quand ça a été à nous de chanter,
je n'ai pas ouvert la bouche.

NOUS LES TROIS
TRONCS MARRONS
DU LOINTAIN VALLON...

Pendant quelques secondes, tout s'est bien passé.
Je me disais que si je gardais les lèvres serrées,
Rodrick n'aurait rien pour me menacer. Mais, au bout
de quelques secondes, les autres arbres se sont aperçus
que je ne chantais pas.

Ils ont dû penser que je savais quelque chose de plus qu'eux, et ils se sont arrêtés de chanter eux aussi.

Et puis on est restés plantés là tous les trois, sans prononcer un mot. Mme Norton a dû croire qu'on avait oublié les paroles, parce qu'elle s'est approchée du bord de la scène et nous a soufflé le reste de la chanson.

La chanson ne durait que trois minutes, mais ça m'a
paru durer une heure et demie. Je priais pour que
le rideau tombe et qu'on puisse s'échapper.

ESCAPO

C'est alors que j'ai remarqué Patty Farrell qui
attendait dans les coulisses. Et si ses yeux avaient
été des revolvers, les arbres seraient morts depuis
longtemps. Elle se disait sûrement qu'on bousillait
ses chances de faire carrière à Broadway.

Ça m'a rappelé pourquoi j'avais voulu être un arbre
au départ.

CLONK

Bientôt, tous les arbres ont commencé à jeter des pommes. Je crois même que Toto s'y est mis aussi.

Quelqu'un a fait tomber les lunettes du nez de Patty, et un des verres s'est cassé. Alors Mme Norton a dû arrêter le spectacle, parce que Patty ne voit pas à un mètre devant elle sans ses lunettes.

Après le spectacle, toute la famille est rentrée à la maison. Maman avait acheté un bouquet de fleurs. J'imagine qu'il était pour moi. Mais elle l'a jeté dans la poubelle en sortant.

J'espère juste que tous ceux qui sont venus voir le spectacle se sont amusés autant que moi.

<u>Mercredi</u>

Eh bien, si le spectacle a eu un effet positif, c'est que je n'ai plus à me préoccuper d'être surnommé Goly !

J'ai vu Archie Kelly se faire bousculer dans le couloir après les cours, aujourd'hui. Alors on dirait bien que je peux de nouveau respirer.

<u>Dimanche</u>

Avec tout ce qu'on a fait au collège, je n'ai même pas eu le temps de penser à Noël. Et c'est dans moins de dix jours.

En fait, la seule chose qui m'a rappelé que ça allait bientôt être Noël, c'est de voir la liste que Rodrick a scotchée sur le frigo.

Liste de cadeaux
pour Rodrick

1. Une nouvelle batterie
2. Une nouvelle fourgonnette
3. Une tête réduite

var shrunken head

D'habitude, moi aussi je fais une grande liste de cadeaux mais, cette année, la seule chose que je veux, c'est le jeu vidéo du Magicien Déjanté.

checked off

Ce soir, Manu regardait le catalogue de Noël et il cochait ce qu'il voulait au feutre rouge. Plus exactement, il entourait tous les jouets du catalogue. Il marquait même des trucs vraiment chers comme une grosse voiture électrique et ce genre de choses.

Alors j'ai décidé d'intervenir pour lui donner un bon conseil de grand frère.

Je lui ai dit que s'il cochait des trucs trop chers, il allait se retrouver avec des vêtements comme cadeaux. Je lui ai conseillé de sélectionner trois ou quatre jouets moyennement chers, comme ça il serait sûr d'en avoir au moins deux qui lui plairaient vraiment.

Mais évidemment, Manu a continué quand même à tout cocher. Il apprendra donc par lui-même les dures réalités de la vie.

À sept ans, le seul cadeau que je voulais pour Noël était la Maison de Rêve de Barbie. Et PAS parce que c'était un jouet de filles, contrairement à ce qu'a prétendu Rodrick. Je trouvais simplement que ça ferait un fort vraiment effrayant pour mes petits soldats.

soldiers

scary

Quand mes parents ont vu ce que je dem͏
cette année-là, ils se sont disputés. Pap͏
qu'il n'était pas question de m'acheter une͏
de poupées, mais maman soutenait que c'ét͏
pour moi d'expérimenter tous les jouets qui
me tentaient.

Croyez-le ou pas mais, cette fois, c'est papa qui a
gagné. Il m'a dit de refaire ma liste et de choisir
des jouets plus « appropriés » pour un garçon.

Heureusement, dès qu'il s'agit de Noël, j'ai une arme
secrète. Mon oncle Charlie m'achète toujours ce que
je veux. Je lui ai donc dit que je voulais la Maison
de Rêve de Barbie, et il a assuré qu'il allait
m'arranger ça.

jour de Noël, quand l'oncle Charlie m'a donné
mon cadeau, ce n'était PAS ce que j'avais demandé.
Il avait dû entrer dans un magasin de jouets
et prendre le premier paquet qu'il avait vu avec le nom
« Barbie » écrit dessus.
Donc, si vous voyez une photo de moi tenant
une Barbie à la Plage, vous comprendrez au moins
pourquoi.

Papa n'était pas vraiment ravi de ce que l'oncle Charlie
m'avait apporté. Il m'a laissé le choix entre la jeter
ou la donner aux bonnes œuvres.

Mais je l'ai gardée quand même. Et bon, je dois
reconnaître que j'ai dû jouer une ou deux fois avec.

C'est comme ça que j'ai fini aux urgences quinze jours plus tard, avec une chaussure rose de Barbie coincée dans ma narine. Et Rodrick n'a pas fini de m'en reparler.

Jeudi

Ce soir, maman et moi, on est allés chercher un cadeau pour l'Arbre aux Dons de l'église. L'Arbre aux Dons, c'est comme un Père Noël secret qui donnerait des cadeaux pour ceux qui sont dans le besoin.

Maman a pris un pull en laine rouge.
J'ai essayé de la convaincre de prendre quelque chose de plus cool, comme une télé, une machine à pop-corn ou quelque chose dans ce genre.

Imaginez un peu que tout ce que vous avez à Noël, c'est un pull en laine.

Je suis sûr que le pauvre malheureux va jeter son pull à la poubelle, avec les dix boîtes de salsifis qu'on lui a refilées pendant la Collecte de Nourriture de Thanksgiving.

Noël

Ce matin, quand je me suis réveillé et que je suis descendu, il y avait des centaines de cadeaux au pied du sapin. Mais une fois que je me suis mis à faire le tri, je n'ai pas trouvé grand-chose avec mon nom dessus.

Manu, lui, a touché le jackpot. Sans mentir,
il a eu TOUT ce qu'il avait coché dans le catalogue.
Je parie qu'il est content de ne pas m'avoir écouté.

J'ai fini par trouver quelques paquets pour moi,
mais c'était surtout des livres et des chaussettes,
ce genre de trucs.
J'ai ouvert mes paquets derrière le canapé, parce que
je déteste ouvrir mes cadeaux à côté de papa. Dès
que quelqu'un défait un paquet, mon père se précipite
pour ramasser les papiers.

J'ai donné à Manu un hélicoptère en plastique
et à Rodrick un livre sur les groupes de rock. Rodrick
m'a donné un livre, lui aussi, mais, bien sûr, il n'avait
pas pris la peine de l'emballer. Il s'agissait du
« Meilleur de la P'tite Lill ». C'est la pire BD
du journal de mon père, et Rodrick sait à quel point
je déteste. Je crois bien que c'est la quatrième
« P'tite Lill » qu'il m'offre en quatre ans.

J'ai donné leurs cadeaux à papa et à maman.
Je leur trouve les mêmes trucs nuls tous les ans,
mais ils en redemandent.

Le reste de la famille a commencé à débarquer vers
11 heures, et l'oncle Charlie est arrivé à midi.

L'oncle Charlie a apporté un grand sac poubelle rempli
de paquets, et il a pris mon cadeau sur le dessus du sac.

L'emballage avait exactement la taille d'un jeu
de Magicien Déjanté, alors j'ai su que l'oncle Charlie
ne m'avait pas déçu. Maman a préparé l'appareil photo
et j'ai arraché le papier.

Mais c'était juste un portrait de l'oncle Charlie.

Je ne dois pas avoir très bien réussi à cacher ma déception, et maman s'est fâchée. Tout ce que je peux dire, c'est que je suis heureux d'être encore un gosse, parce que si je devais faire semblant d'être content de recevoir le genre de cadeaux qu'on fait aux adultes, je ne crois pas que j'y arriverais.

Je suis monté dans ma chambre pour faire une petite pause. Deux minutes plus tard, papa a frappé à ma porte. Il m'a dit qu'il avait un cadeau pour moi au garage, et que s'il était resté là-bas, c'est qu'il était trop gros pour être emballé.

Je suis descendu au garage et, là, j'ai trouvé un banc de musculation flambant neuf.

Ce truc avait dû coûter une fortune. Je n'ai pas eu le courage de dire à papa que je ne m'intéressais plus vraiment à cette histoire d'haltères, maintenant que la session de lutte était terminée depuis une semaine. Alors j'ai juste dit « merci ».

Je crois que mon père s'attendait à me voir m'allonger immédiatement pour tenter au moins quelques soulevés, mais je me suis excusé et je me suis dépêché de retourner à l'étage.

Vers 18 heures, tous les invités sont partis. J'étais assis sur le canapé et me lamentais sur mon sort en regardant Manu s'amuser avec ses jouets. À ce moment-là, maman est venue me dire qu'elle avait retrouvé un paquet « de la part du Père Noël » avec mon nom dessus, derrière le piano.

La boîte était beaucoup trop grosse pour le Magicien Déjanté, mais ma mère m'avait DÉJÀ FAIT « le coup de la boîte » l'année dernière, quand elle m'avait donné une carte mémoire pour ma console de jeux vidéo.

J'ai donc déchiré le papier pour ouvrir mon cadeau. Seulement, ce n'était pas du tout le Magicien Déjanté. C'était un pull en laine rouge, immense !

J'ai d'abord cru que maman voulait me faire une blague, parce que c'était exactement le même pull que celui qu'on avait acheté pour l'Arbre aux Dons.

Mais ma mère aussi a eu l'air un peu étonné. Elle a dit qu'elle m'avait BIEN acheté un jeu vidéo et qu'elle ne comprenait pas ce que ce pull faisait dans mon paquet.

J'ai compris d'un coup. J'ai dit à maman qu'il avait dû y avoir confusion : je me retrouvais avec le cadeau du pauvre, et lui devait avoir le mien !

Maman a répondu qu'elle avait utilisé le même papier pour emballer les deux paquets, et qu'elle avait dû inverser les noms sur les étiquettes.

Mais ensuite, elle a ajouté que c'était une très bonne chose, parce que le pauvre devait être drôlement content d'avoir un tel cadeau.

C'EST UN MIRACLE DE NOËL !

Il a fallu lui expliquer qu'on a besoin d'une console de jeux et d'une télé pour pouvoir jouer au Magicien Déjanté, et que le jeu ne pouvait donc lui servir à rien.

Même si ce Noël n'était vraiment pas la joie pour moi, je suis certain que c'était encore pire pour le pauvre.

Tant pis, j'ai comme qui dirait « fait une croix » sur ce Noël et j'ai filé chez Robert.

J'avais oublié de lui acheter un cadeau, alors j'ai collé un ruban sur l'album de « La P'tite Lill » que Rodrick m'avait donné.

Et ça a visiblement fait l'affaire.

Les parents de Robert sont pleins aux as, aussi je peux compter sur eux pour m'acheter un chouette truc.

Mais Robert a dit que, cette année, c'était lui qui m'avait choisi mon cadeau. Et puis il m'a emmené dehors pour me le montrer.

Vu comment il en parlait, j'ai cru qu'il m'avait au moins acheté une télé à écran géant ou une moto.

Cette fois encore, je m'étais mis le doigt dans l'œil.

Robert m'avait acheté un tricycle Big Wheel. J'aurais sûrement trouvé ça super quand j'étais en CE2, mais je ne vois vraiment pas ce que je pourrais en faire maintenant.

Mais Robert était tellement enthousiaste que j'ai fait de mon mieux pour avoir l'air content quand même.

Ensuite, on est rentrés pour que Robert me montre ses cadeaux de Noël.

C'est sûr qu'il avait été beaucoup plus gâté que moi !
Il avait même eu le Magicien Déjanté, alors je pourrai
quand même y jouer quand je viendrai chez lui.
Enfin, jusqu'à ce que son père découvre à quel point
c'est violent.

Et mince, on n'aurait jamais imaginé voir quelqu'un
d'aussi heureux que Robert avec sa « P'tite Lill ».
Sa mère a dit que c'était la seule chose de sa liste
qu'il n'avait pas eue.

Eh bien, je suis content que QUELQU'UN ait pu
avoir ce qu'il voulait aujourd'hui.

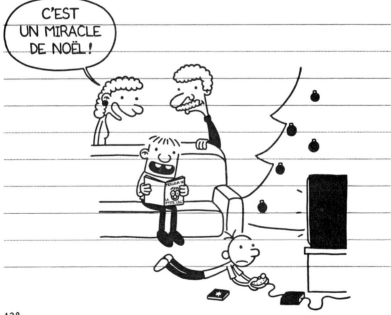

Réveillon du Nouvel An

Au cas où vous vous demanderiez ce que je fais dans ma chambre à 21 heures, le réveillon du jour de l'An, je vais vous expliquer.

Tout à l'heure, j'ai chahuté avec Manu au sous-sol. J'ai trouvé une toute petite boulette de fil sur la moquette, et j'ai dit à Manu que c'était une araignée.

Et puis je l'ai tenue au-dessus de lui en faisant semblant que j'allais l'obliger à la manger.

Au moment où j'allais lâcher Manu, il m'a tapé sur la main et m'a fait lâcher le bout de fil. Et devinez quoi ? Cet imbécile l'a avalé.

À ce moment-là, Manu a complètement perdu la boule.
Il est monté en courant et s'est précipité vers maman.
J'ai tout de suite su que j'étais mal parti.

Manu lui a dit que je lui avais fait manger une araignée.
J'ai protesté que ce n'était pas une araignée,
mais juste une minuscule boulette de fil.

SNIFF

Maman a amené Manu près de la table de la cuisine.
Là, elle a posé sur une assiette un pépin,
un raisin sec et une noix, et elle a demandé à Manu
de montrer ce qui correspondait le plus à la taille du fil
qu'il avait avalé.

Manu a regardé le tout attentivement.

Puis il est allé ouvrir le frigo et il en a sorti une orange.

C'est donc pour ça qu'on m'a envoyé au lit à 19 heures et que je ne suis pas en bas, en train de regarder le programme spécial du Nouvel An à la télé.

Et c'est pour ça aussi que ma seule et unique bonne résolution pour l'année à venir est de ne plus jamais jouer avec Manu.

JANVIER

Mercredi

J'ai trouvé comment m'amuser un peu avec le Big Wheel
que Robert m'a donné pour Noël. J'ai imaginé
que l'un de nous dévale la côte en tricycle pendant
que l'autre essaye de le toucher avec un ballon
de foot américain. Robert a pris le Big Wheel
en premier pendant que, moi, j'étais le lanceur.

C'est beaucoup plus dur que je pensais de viser
une cible qui bouge. Et en plus, ça ne me faisait pas
tant d'entraînement que ça. Robert mettait bien
dix minutes à remonter le tricycle en haut de la côte
après chaque descente.

Robert n'arrêtait pas de demander à échanger de place, et que ce soit moi qui prenne le tricycle, mais je ne suis pas fou. Ce truc doit atteindre les cinquante kilomètres-heure et n'a même pas de freins.

En tout cas, je n'ai pas réussi à faire tomber Robert du Big Wheel aujourd'hui. Ça me donne au moins quelque chose à travailler pendant le reste des vacances de Noël.

Jeudi
Au moment où je voulais aller chez Robert pour reprendre notre grand jeu du Big Wheel, ma mère m'a dit qu'il fallait que je termine mes remerciements de Noël avant de sortir.

J'ai cru que j'allais pouvoir bâcler mes cartes
en une demi-heure, mais quand il a fallu écrire,
je ne savais plus quoi mettre dessus.

Ce n'est franchement pas évident de remercier
quelqu'un de vous avoir donné un truc que vous n'avez
jamais voulu avoir.

J'ai commencé par ce qui n'était pas des vêtements,
en me disant que ce serait plus facile. Et, après deux
ou trois cartes, je me suis aperçu que j'écrivais
pratiquement la même chose à chaque fois.

Alors j'ai créé un formulaire sur l'ordinateur,
avec des blancs à remplir pour les variantes. Avec ça,
rien de plus facile que d'écrire toutes les cartes que
je voulais.

Tap Tap

Chère tante Lydia

Merci beaucoup pour cette super encyclopédie !

Comment as-tu su que je voulais ça pour Noël ?

Je trouve que l'encyclopédie donne vraiment bien

sur mes étagères !

Tous mes amis vont être jaloux de voir que

j'ai mon encyclopédie à moi.

Merci d'avoir fait de ce Noël le plus beau de ma vie !

Cordialement, Greg

Mon système a très bien marché pour les premiers cadeaux, mais après, plus tant que ça.

Chère tante Loretta

Merci beaucoup pour ce super pantalon !

Comment as-tu su que je voulais ça pour Noël ?

Je trouve que le pantalon donne vraiment bien

sur mes jambes !

Tous mes amis vont être jaloux de voir que

j'ai mon pantalon à moi.

Merci d'avoir fait de ce Noël le plus beau de ma vie !

Cordialement, Greg

145

Vendredi

J'ai fini par faire tomber Robert du Big Wheel
aujourd'hui, mais ça s'est pas passé comme prévu.
Je visais son épaule, je l'ai manquée, et le ballon s'est
coincé sous sa roue avant.

Robert a cherché à amortir sa chute en tendant
les bras, seulement, du coup, il a atterri assez
violemment sur ses mains. Je croyais qu'il allait
se relever et se rasseoir sur le tricycle, mais il n'a pas
voulu.
J'ai essayé de lui remonter le moral,
mais toutes les blagues qui le font marrer d'habitude
ne marchaient pas.
Alors j'ai su qu'il avait dû se faire vraiment mal.

Lundi

Les vacances de Noël sont finies, et on est rentrés au collège.

Vous vous rappelez l'accident de tricycle de Robert ? En fait, il s'est cassé la main gauche et, maintenant, il doit porter un plâtre. Aujourd'hui, tout le monde s'est précipité sur lui comme s'il était un héros ou je ne sais quoi.

J'ai bien essayé de profiter un peu de la toute nouvelle popularité de Robert, mais ça a eu l'effet inverse.

À la cantine, il y a des filles qui ont invité Robert à leur table pour pouvoir le FAIRE MANGER.

Le plus dingue de l'histoire, c'est que Robert est droitier, et que c'est sa main GAUCHE qui est cassée. Il peut donc très bien manger tout seul.

<u>Mardi</u>

Je me suis rendu compte que la blessure de Robert était un super bon plan, alors j'ai décidé qu'il était temps d'avoir moi aussi une blessure.

J'ai pris un rouleau de gaze à la maison, et je me suis bandé la main, pour avoir l'air mal en point.

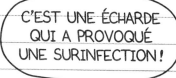

Je n'arrivais pas à saisir pourquoi les filles ne me réconfortaient pas comme elles le faisaient avec Robert. Et puis, tout à coup, j'ai compris ce qui clochait.

Le plâtre est une super combine parce que tout le monde peut écrire son nom dessus. Ce n'est pas si évident d'écrire au stylo sur de la gaze.

J'ai donc trouvé une solution qui, j'en étais sûr,
réglerait le problème.

Là encore, ça a complètement foiré. Mon bandage a
fini par attirer l'attention d'une ou deux personnes
mais, vous pouvez me croire, pas le genre de personnes
que je cherchais à intéresser.

Lundi

La semaine dernière, on a entamé la seconde partie de l'année scolaire, alors j'ai commencé plein de nouvelles matières. Par exemple, je me suis inscrit à un cours intitulé « Étude Libre ».

Je VOULAIS m'inscrire en Économie Domestique 2, parce que j'avais été plutôt bon en Économie Domestique 1. Mais être bon en couture ne vous donne pas forcément des points de popularité au collège !

En tout cas, ce cours d'Étude Libre est une grande première dans notre collège.

L'idée, c'est de confier un projet à la classe tout entière, qui doit travailler dessus ensemble, sur place et sans professeur, pendant tout le trimestre.

Le hic, c'est qu'une fois le projet terminé, tous les élèves d'un même groupe obtiennent la même note. J'ai appris que Ricky Fisher était dans ma classe, ce qui pourrait se révéler un gros problème.
La plus grande gloire de Ricky, c'est de prendre les chewing-gums collés sous les tables et de les mâcher contre cinquante cents. Ça ne me laisse pas beaucoup d'espoir pour notre note finale.

Mardi
Aujourd'hui, on a eu notre sujet d'Étude Libre et, devinez quoi ? On doit construire un robot.

Au début, on a eu un peu la trouille parce qu'on a cru qu'on devrait le construire en partant de zéro.

Mais M. Darnell nous a expliqué qu'on n'aurait pas vraiment à le construire. On devra juste trouver des idées pour dire de quoi notre robot pourrait avoir l'air, et quel genre de choses il pourrait faire.

Et puis il est parti, et il nous a laissés tout seuls. On s'est mis à réfléchir tout de suite. J'ai noté quelques idées au tableau.

Le robot devrait
Faire mes devoirs
Faire la vaiselle
Faire mon petit déjeuner
Me laver les dents

Ils ont tous été impressionnés, pourtant je n'avais pas eu de mal à les trouver. Il m'avait suffi de noter toutes les choses que je déteste le plus faire.

Alors il y a deux filles qui sont venues au tableau avec des idées à elles. Elles ont effacé ma liste pour mettre leur propre projet.

Elles voulaient un robot qui donne des conseils pour sortir avec les garçons et qui ait dix sortes de brillant à lèvres au bout des doigts.

On a tous trouvé que c'était le projet le plus stupide qu'on ait jamais entendu. Alors on a fini par faire deux groupes : les filles d'un côté, les garçons de l'autre. Les garçons sont partis tout au fond de la salle pendant que les filles restaient à discuter.
Maintenant que tous les élèves sérieux étaient regroupés, on s'est mis au travail. Quelqu'un a imaginé qu'on puisse dire son nom au robot pour qu'il vous réponde personnellement.

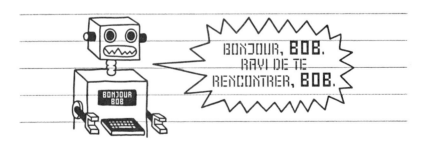

BONJOUR, **BOB**. RAVI DE TE RENCONTRER, **BOB**.

Mais un garçon a fait remarquer qu'il faudrait s'assurer qu'on ne puisse pas donner de mots grossiers à la place de son nom, parce qu'un robot ne devrait pas pouvoir en dire. On a donc décidé de faire une liste de tous les gros mots qu'il faudrait interdire au robot.

On a écrit la liste de ceux qu'on utilise le plus souvent, mais Ricky Fisher en a trouvé vingt nouveaux que les autres n'avaient JAMAIS entendus.

Donc, au bout du compte, Ricky s'est révélé l'un des collaborateurs les plus efficaces sur le projet.

Juste avant la sonnerie, M. Darnell est revenu dans la salle pour voir où on en était. Il a pris la feuille sur laquelle on écrivait et il l'a lue.

Bref, pour résumer, le cours d'Étude Libre est annulé jusqu'à la fin de l'année.

Enfin, pour les garçons. Si, dans le futur, les robots se baladent avec des tubes de brillant à lèvres à la place des doigts, vous saurez maintenant d'où ça vient.

Jeudi
Au collège, aujourd'hui, on a eu rassemblement général pour nous montrer le film intitulé « C'est super d'être ce que je suis » qu'ils nous passent tous les ans.

Ça parle du fait qu'on devrait être content de ce qu'on est et qu'il ne faut pas essayer de changer.

Pour être honnête, je crois que c'est un message vraiment débile à transmettre aux élèves, surtout ceux de mon collège.

Un peu plus tard, ils ont fait une annonce pour dire qu'il y avait des places dans les Patrouilles de Sécurité, et ça m'a donné des idées.

Si quelqu'un s'en prend à un membre des Patrouilles de Sécurité, il peut être suspendu. Comme je vois les choses, n'importe quelle protection supplémentaire ne sera pas de trop.

En plus, j'ai réfléchi que le simple fait d'être en position d'autorité ne pourrait pas me faire de mal.

Je suis descendu au bureau de M. Winsky pour
m'inscrire, et j'ai obligé Robert à s'inscrire aussi.
Je croyais que M. Winsky allait nous demander de faire
des tractions à la barre ou une pirouette arrière,
histoire de voir si on était aptes, mais il s'est contenté
de nous donner nos ceintures et nos insignes.

Il a dit qu'on allait commencer par une mission spéciale.
Notre établissement se trouve près de l'école
élémentaire, et ils ont une maternelle à mi-temps là-bas.

M. Winsky veut qu'on raccompagne les petits
de maternelle chez eux en fin de matinée. Je me suis
rendu compte que ça voulait dire manquer vingt minutes
de maths. Robert a dû s'en apercevoir aussi, parce
qu'il a commencé à protester. Mais je l'ai méchamment
pincé sous le bureau avant qu'il puisse finir sa phrase.

C'était trop beau pour être vrai ! Je bénéficiais
de la protection instantanée de ma fonction
et d'une permission pour échapper à la moitié
de mon cours d'algèbre, et je n'avais même pas eu
à lever le petit doigt.

<u>Mardi</u>

Aujourd'hui, c'était notre premier jour dans
les Patrouilles de Sécurité. Robert et moi, on ne doit
pas monter la garde comme les autres membres,
ce qui veut dire qu'on n'a pas à rester dehors pendant
une heure dans un froid glacial avant le début des cours.
Mais ça ne nous a pas empêchés d'aller à la cafétéria
pour prendre le chocolat chaud gratuit qu'ils distribuent
aux autres patrouilles avant le début des cours.

L'autre avantage, c'est que, du coup, on arrive
en classe avec dix minutes de retard.

BON-JOUR !

Je vous le dis, mon avenir est assuré avec cette combine des Patrouilles de Sécurité.

À 12 h 15, Robert et moi, on a quitté le collège pour raccompagner les petits de maternelle chez eux. Le trajet complet nous a pris quarante-cinq minutes, et il ne restait plus que vingt minutes de maths quand on est rentrés.

C'était pas bien compliqué de ramener les petits chez eux. Mais il y en a un qui a commencé à ne pas sentir très bon, et je crois bien qu'il a dû avoir un petit accident dans son pantalon.

Il a essayé de me le dire, mais j'ai continué à marcher comme si de rien n'était. Je veux bien raccompagner ces gamins chez eux, mais faut pas compter sur moi pour changer les couches !

FÉVRIER

Mercredi

Il a neigé pour la première fois de l'hiver, et on n'a pas eu cours. On était censés avoir un contrôle de maths, et comme je n'ai pas beaucoup bossé depuis que je suis dans les Patrouilles de Sécurité, j'avais un peu la trouille.

J'ai appelé Robert pour lui dire de venir. Ça fait bien deux ans qu'on se dit qu'on va faire le plus gros bonhomme de neige du monde.

Et quand je dis le plus gros bonhomme de neige du monde, ce n'est pas de la blague. Notre but, c'est d'entrer dans le Livre des Records.

FLASH

Mais, à chaque fois qu'on a voulu attaquer le record sérieusement, la neige a fondu et l'occasion nous est passée sous le nez. Alors, cette année, pas question de perdre de temps !

Dès que Robert est arrivé, on s'est mis à rouler une première boule de neige pour former la base. J'avais calculé qu'elle devait faire dans les deux mètres cinquante si on voulait avoir une chance de battre le record. Mais la boule de neige a commencé à devenir VRAIMENT lourde, et on a dû faire des pauses pour reprendre notre souffle.

Pendant une pause, ma mère est sortie faire
des courses, mais notre boule empêchait sa voiture
de passer, alors ça nous a fait une petite aide gratos.

Après la pause, Robert et moi, on a poussé
notre boule de neige jusqu'à ce qu'on n'y arrive plus.
Et quand on a regardé derrière nous, on a vu
les dégâts qu'on avait faits.

La boule de neige était si lourde qu'elle avait arraché toutes les mottes de gazon que papa avait installées cet automne.

J'espérais bien qu'il allait continuer de neiger pour cacher tout ça, mais, justement, la neige s'est arrêtée de tomber.

Notre projet de construire le plus gros bonhomme de neige du monde commençait à tomber à l'eau, alors j'ai trouvé une autre façon d'utiliser notre super boule.

À chaque fois qu'il neige, les types de la rue Whirley viennent faire de la luge chez nous, même si c'est pas leur coin.

Alors, demain matin, quand les gars de Whirley remonteront NOTRE côte, Robert et moi, on va leur donner une bonne leçon.

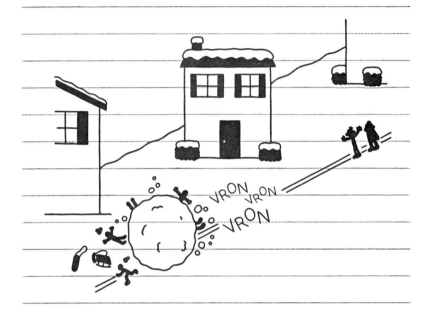

Jeudi

Ce matin, quand je me suis réveillé, la neige commençait déjà à fondre. J'ai donc appelé Robert pour lui dire de se dépêcher de venir.

Pendant que j'attendais Robert, j'ai regardé Manu essayer de faire un bonhomme avec les plaques de neige ridicules que notre grosse boule avait laissées.

Ça faisait franchement pitié.

Je n'ai pas pu m'empêcher de faire ce que j'ai fait. Malheureusement pour moi, papa regardait justement par la fenêtre.

Mon père était déjà furieux contre moi à cause du gazon arraché, alors je savais que j'allais passer un mauvais quart d'heure. J'ai entendu la porte du garage s'ouvrir, et j'ai vu papa sortir avec une pelle à neige. J'ai cru que j'allais devoir courir pour sauver ma peau.

Mais c'est sur la boule de neige géante que mon père a tapé. En moins d'une minute, il a anéanti tous nos efforts.

Robert est arrivé quelques minutes plus tard. J'ai cru que ce qui venait de se passer allait le faire marrer.

Je suppose qu'il était vraiment déçu de ne pas faire dévaler cette grosse boule de neige en bas de la côte, parce qu'il s'est énervé. Mais allez comprendre : Robert m'en voulait à MOI pour ce que MON PÈRE avait fait.

J'ai dit à Robert qu'il se conduisait comme un bébé, et on a commencé à se battre. Juste au moment où la bagarre allait dégénérer, on s'est pris une volée de boules de neige.

C'était une attaque éclair des types de Whirley.

* * *

Et si Mme Levine, ma prof de lettres, avait été là, je suis certain qu'elle aurait trouvé cette situation « particulièrement ironique ».

Mercredi

Aujourd'hui, on a annoncé que le journal du collège cherchait un dessinateur humoristique. Il n'y a qu'une seule BD comique dans le journal et, jusqu'à maintenant, c'était un type qui s'appelle Bryan Little qui s'en chargeait.

Bryan faisait une BD qui s'appelait « Cabot Barjot ».
Au début, c'était franchement marrant.
Mais, à la fin, Bryan se servait de sa BD pour régler
ses problèmes personnels. J'imagine que c'est pour ça
qu'ils l'ont viré.

Dès que j'ai appris la nouvelle, j'ai su que je devais
me présenter. « Cabot Barjot » avait rendu
Bryan Little célèbre dans tout le collège, et c'est
EXACTEMENT le genre de popularité que je voulais
avoir.

J'avais déjà eu un avant-goût de ce qu'est la célébrité
à l'école quand j'ai obtenu la mention honorable
à ce concours contre le tabagisme.

Tout ce que j'avais fait, c'était de décalquer une page d'un magazine de heavy metal de Rodrick.
Heureusement, personne ne s'en est aperçu.

NE FUMEZ PAS OU VOUS SEREZ COMME MOI.

C'est Chris Carney qui a gagné le premier prix.
Ce qui m'énerve le plus, c'est que Chris fume au moins un paquet de cigarettes par jour.

172

<u>Jeudi</u>

Robert et moi, on a décidé de se mettre ensemble pour faire une BD. Alors, après les cours, il est venu chez moi, et on s'est mis au travail.

On a imaginé sans problème plusieurs personnages mais ça, en fait, c'était la partie facile. Quand il a fallu inventer des blagues, on a pas mal séché.

J'ai fini par trouver une bonne solution.

J'ai inventé une BD où la chute de chaque planche serait : « Oh la vache, maman ! »

Comme ça, on ne perdrait pas de temps à chercher de VRAIES blagues et on pourrait se concentrer sur le dessin.

Pour les deux premières planches, c'est moi qui ai écrit l'histoire et dessiné les personnages. Robert a fait les cases autour des dessins.

Robert a commencé à se plaindre qu'il n'en faisait pas assez, alors je l'ai laissé écrire quelques planches.

Mais, il faut être honnête, il y a eu une baisse de qualité très nette dès que Robert s'est chargé du texte.

Au bout d'un moment, j'en ai eu marre de cette idée des « Oh la vache, maman ! » et j'ai laissé Robert se charger du texte ET des dessins.

Et vous n'allez pas me croire, mais Robert est encore moins doué pour dessiner que pour écrire.

J'ai dit à Robert qu'on devrait peut-être chercher des idées nouvelles, mais il voulait continuer d'écrire des « Oh la vache, maman ! », alors il a pris ses planches et il est rentré chez lui. Ça ne m'a pas dérangé. De toute façon, j'ai pas vraiment envie de faire équipe avec un type qui ne dessine pas les nez.

<u>Vendredi</u>

Hier, après le départ de Robert, je me suis vraiment mis à bosser. J'ai fini par trouver un personnage que j'ai appelé Pat Étik, et le reste est venu tout seul.

PAT ÉTIK

de Greg Heffley

SALUT, JE M'APPELLE PAT

NON, TU T'APPELLES ABIGAEL RUTI

OUPS! SALUT JE SUIS ABE RUTI.

HAH HAH HAH HAH !

?

J'ai dû sortir une vingtaine de planches, et vraiment sans forcer.

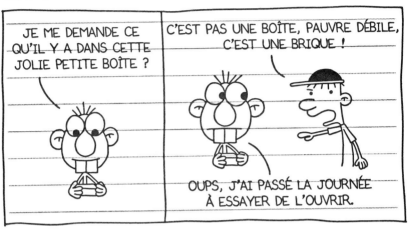

JE ME DEMANDE CE QU'IL Y A DANS CETTE JOLIE PETITE BOÎTE ?

C'EST PAS UNE BOÎTE, PAUVRE DÉBILE, C'EST UNE BRIQUE !

OUPS, J'AI PASSÉ LA JOURNÉE À ESSAYER DE L'OUVRIR.

DOCTEUR, EST-CE QUE JE POURRAIS AVOIR UN NOUVEAU DERRIÈRE ? LE MIEN EST FENDU.

PAT, JE T'AI DÉJÀ EXPLIQUÉ CENT FOIS QUE LES DERRIÈRES SONT TOUJOURS FENDUS !

OH, C'EST VRAI. J'AVAIS OUBLIÉ.

Ce qu'il y a de super avec cette série de Pat Étik, c'est que, vu tous les nuls dans mon collège, je ne serai JAMAIS à court de matière première.

Quand je suis arrivé au collège aujourd'hui, j'ai porté mes planches dans le bureau de M. Ira. C'est le prof qui s'occupe du journal du collège.

Mais au moment où j'allais les déposer, j'ai vu qu'il y avait déjà une pile de BD d'autres élèves qui voulaient se faire engager aussi.

La plupart des dessins étaient nuls alors je ne me suis pas fait trop de souci pour le concours.

Il y avait une BD qui s'appelait « Nullards de Profs »,
et qui était signée par un certain Bill Tritt.

Bill est tout le temps collé, et je pense qu'il a
des comptes à régler avec pratiquement tous les profs
de l'établissement, y compris M. Ira.

Alors je ne m'inquiète pas trop non plus sur ses chances
d'être sélectionné.

Il y avait en fait une ou deux BD potables dans le lot.
Mais je les ai glissées sous une pile de copies,
sur le bureau de M. Ira.

Comme ça, on ne les reverra plus avant que je sois
au lycée.

Jeudi

Ce matin, il y a eu une annonce, et j'ai entendu
la nouvelle que je guettais avec tellement d'impatience.

ET LE NOUVEAU DESSINATEUR DU JOURNAL DU COLLÈGE EST... GREG HEFFLEY!

Le journal a été distribué pendant la cantine,
et tout le monde le lisait.

Je mourais d'envie d'en prendre un exemplaire pour voir
mon nom imprimé, mais j'ai décidé de me la jouer cool
pour une fois.

Je me suis assis en bout de table, comme ça,
j'aurais plein de place pour signer les autographes
de mes nouveaux fans. Mais personne n'est venu me dire
que ma BD était super, et j'ai commencé à me dire
que quelque chose clochait.

J'ai pris un journal et je suis allé vérifier aux toilettes.
Quand j'ai vu ma BD, j'ai failli faire une crise cardiaque.

M. Ira m'avait dit qu'il avait procédé à « quelques
révisions mineures » sur mon texte. J'ai cru qu'il avait
corrigé quelques fautes d'orthographe et ce genre de
choses mais, en fait, il avait fait un massacre complet.

En plus, la planche qu'il avait bousillée était
l'une de mes préférées. Dans l'original, Pat Étik fait
un contrôle de maths et l'avale accidentellement.
Puis il se fait engueuler par le prof d'être aussi débile.

Après le passage de M. Ira, la BD était méconnaissable.

Pat le collégien curieux — de Gregory Heffley

Monsieur, si x + 43 = 89, quelle est la valeur de x ?

Pat, x est égal à 46 !

Merci les gars, si vous voulez en savoir plus en maths, allez voir M. Humphrey pendant sa permanence.
Ou allez à la bibliothèque faire un tour à la section agrandie Maths et Sciences !

En tout cas, je ne suis pas prêt de signer des autographes avant longtemps.

CHOUCHOU DES PROFS !

VLAN

MARS

Mercredi

Robert et moi, on prenait un chocolat chaud
avec les autres patrouilles, quand il y a eu une annonce
au haut-parleur.

Robert est allé au bureau de M. Winsky et quand
il est revenu, un quart d'heure plus tard, il avait l'air
assez déprimé.

Apparemment, M. Winsky avait reçu un coup de fil
d'un parent disant qu'on avait vu Robert en train
de terroriser les petits de maternelle pendant qu'il
les raccompagnait chez eux. M. Winsky était furieux.

D'après Robert, M. Winsky lui a hurlé dessus pendant dix minutes et lui a dit que sa conduite « déshonorait l'insigne ».

Vous savez, je crois que je sais exactement d'où vient le problème. La semaine dernière, Robert avait un contrôle à cette heure-là, et j'ai reconduit les maternelles tout seul.

Il avait plu toute la matinée, et ça grouillait de vers de terre sur le trottoir. Alors j'ai décidé de m'amuser un peu avec les gosses.

Le hic, c'est qu'une dame du coin a vu ce que je faisais, et elle est sortie de chez elle pour me crier dessus.

C'était Mme Irvine, qui est copine avec la mère de Robert. Elle a dû me prendre pour Robert parce que je lui avais emprunté son blouson. Et je me suis bien gardé de la contredire.

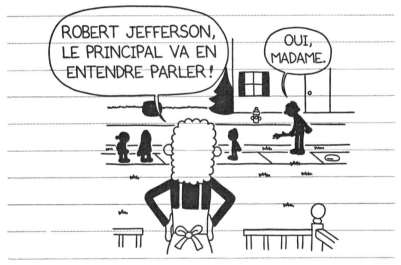

Et puis ça m'est complètement sorti de l'esprit jusqu'à aujourd'hui.

En tout cas, M. Winsky a dit à Robert qu'il allait devoir présenter ses excuses aux maternelles demain matin, et qu'il était interdit de patrouille pendant une semaine.

Je savais bien que j'aurais dû dire à M. Winsky
que c'était moi qui avais poursuivi les gosses avec
des vers. Mais je n'étais pas encore prêt à dire
la vérité. Je savais que si je me dénonçais, je perdrais
mon droit au chocolat chaud. Et là, tout de suite,
ça a suffi à me faire taire.

Ce soir, maman a bien vu que quelque chose
me tracassait, alors, après le dîner, elle est montée
dans ma chambre pour discuter.
Je lui ai dit que j'étais dans une situation difficile
et que je ne savais pas quoi faire.
Je dois reconnaître que ma mère a su gérer la situation.
Elle n'a pas cherché à me soutirer tous les détails.
Elle a simplement dit que je devais essayer de faire
« ce qui était juste », parce que ce sont nos choix qui
font de nous ce que nous sommes.

Je trouve que c'est un assez bon conseil. Mais je ne suis pas encore complètement sûr de ce que je vais faire demain.

Jeudi
Bon, j'ai pas dormi de la nuit à force de tourner et de retourner cette histoire dans ma tête, mais j'ai fini par prendre une décision. Je me suis dit qu'on formait une équipe, et qu'il était JUSTE que ce soit Robert qui trinque cette fois-ci.

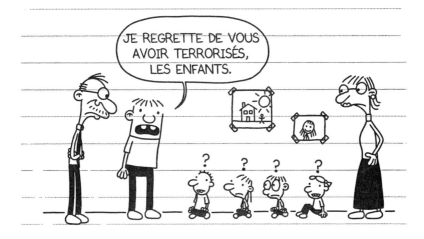

En allant au collège, j'ai craché toute la vérité à Robert et je lui ai dit que c'était moi qui avais poursuivi les mômes avec des vers de terre.

Et puis, je lui ai dit que ça pouvait nous servir de leçon
à tous les deux. J'ai expliqué que ça m'avait appris
à me montrer plus prudent quand je passe devant
chez Mme Irvine, et que lui aussi, ça lui apprenait
quelque chose : il faudrait qu'il fasse plus attention
à qui il prête son blouson.

Pour être franc, je n'ai pas l'impression que Robert ait
TRÈS BIEN saisi le message.
On était censés se voir après les cours aujourd'hui,
mais il a dit qu'il allait rentrer directement chez lui
pour faire une sieste.

Je ne peux pas vraiment lui en vouloir. Parce que si
je n'avais pas eu droit à mon chocolat chaud ce matin,
je serais plutôt crevé moi aussi.

Quand je suis arrivé chez moi, maman m'attendait
à la porte.

Maman m'a récompensé en m'emmenant manger
une glace. Et si toute cette histoire m'a appris
quelque chose, c'est qu'une fois de temps en temps,
ce n'est pas une si mauvaise idée d'écouter sa mère.

Mardi

Il y a eu une nouvelle annonce au haut-parleur aujourd'hui, et je ne vous cacherai pas que je m'attendais un peu à ce qui allait suivre.

GREG HEFFLEY EST PRIÉ
DE SE RENDRE AU
BUREAU DU DIRECTEUR.

SLUUUURP...

Je me doutais que je finirais tôt ou tard par me faire choper pour l'histoire de la semaine dernière.

Quand je suis arrivé au bureau de M. Winsky, il était très en colère. M. Winsky m'a dit qu'une « source anonyme » l'avait informé que j'étais le vrai coupable de l'attaque de vers de terre. Puis il m'a dit que j'étais relevé de mes fonctions au sein des Patrouilles de Sécurité, la sanction « prenant effet immédiatement ». Bon, pas difficile de deviner que la source anonyme ne pouvait être que Robert.

Je n'arrive pas à croire que Robert ait pu me poignarder dans le dos comme ça. Pendant que je me faisais passer un savon par M. Winsky, je me suis dit qu'il faudrait que je pense à faire à mon pote un petit cours sur la loyauté.

Plus tard dans la journée, Robert a été réintégré dans les Patrouilles. Et vous n'allez pas le croire : il a même obtenu une PROMOTION. M. Winsky a déclaré qu'il avait « fait preuve de dignité » alors qu'il avait été « soupçonné à tort ».

J'ai bien pensé régler son compte à Robert
pour m'avoir cafardé comme ça, mais j'ai soudain pensé
à quelque chose.

En juin, tous les membres des Patrouilles de Sécurité
vont au parc d'attraction Six Flags, et ils ont le droit
d'emmener un copain. Il faut que je me débrouille
pour être celui de Robert.

Mardi

Comme je l'ai déjà dit, le pire, quand on se fait virer
des Patrouilles de Sécurité, c'est de perdre son droit
au chocolat chaud.

Tous les matins, je vais à la porte de service
de la cafétéria pour que Robert puisse me dépanner.

Mais soit mon pote est devenu sourd, soit il est trop occupé à faire de la lèche aux autres membres des Patrouilles pour me remarquer à la fenêtre.

En fait, maintenant que j'y pense, Robert me snobe complètement ces derniers jours. Et c'est vraiment nul, parce que, si je me souviens bien, c'est LUI qui m'a dénoncé.

Robert a beau se conduire comme un nul depuis quelque temps, j'ai quand même essayé de « briser la glace » aujourd'hui. Mais MÊME ÇA, ça n'a pas eu l'air de marcher.

AVRIL

<u>Vendredi</u>

Depuis le coup des vers de terre, Robert traîne avec Collin Lee tous les jours après les cours. Ce qui est vraiment nul, c'est que Collin était censé être MON copain de secours.

Ces types se conduisent de façon tout à fait ridicule. Aujourd'hui, Robert et Collin avaient des tee-shirts assortis, et ça m'a carrément donné envie de gerber.

Ce soir, après dîner, j'ai vu Robert et Collin qui remontaient ensemble la côte, genre super potes.

Comme Collin avait son sac de couchage, j'ai compris qu'il allait dormir chez Robert.

Alors, je me suis dit: d'accord, on peut être deux à jouer à ce petit jeu. Le moyen le plus sûr de récupérer Robert, c'était de me trouver un nouveau pote. Manque de bol, le seul qui me soit venu à l'esprit là, tout de suite, c'était Freddy.

Je suis allé chez Freddy avec mon sac de couchage pour que Robert puisse voir que, moi aussi, je pouvais avoir d'autres potes.

Quand je suis arrivé là-bas, Freddy était devant chez lui, en train de taper sur un cerf-volant avec un bâton. C'est là que j'ai commencé à me dire que ce n'était peut-être pas l'idée du siècle.

Mais Robert était devant chez lui aussi
et il me regardait. Il n'y avait donc pas moyen
de faire demi-tour.

Je me suis invité chez Freddy. Sa mère a dit
qu'elle était ravie de voir Freddy avec un « petit
copain », ce qui m'a plu moyen comme terme.

Freddy et moi, on est montés dans sa chambre.
Freddy a voulu me faire jouer au Twister avec lui,
alors j'ai fait gaffe de toujours rester à au moins
trois mètres de lui.

Je me disais que j'allais juste oublier cette idée stupide
et rentrer chez moi. Mais à chaque fois que
je regardais par la fenêtre, Robert et Collin étaient
encore dehors.

Je ne voulais pas partir tant que ces deux-là
ne seraient pas rentrés. Mais les choses sont vite
devenues ingérables avec Freddy. Pendant que
je regardais par la fenêtre, cette andouille a fouillé
dans mon sac et avalé tout le paquet de bonbons que
j'avais mis de côté.

Freddy fait partie de ces types qui n'ont pas le droit
de manger de sucre, aussi, deux minutes plus tard,
il tremblait et sautait au plafond.

Freddy est devenu complètement dingue et il s'est mis
à me pourchasser à travers tout le premier étage.

J'ai fini par m'enfermer dans les toilettes en attendant
qu'il se calme.

Vers 11 h 30, c'est devenu très tranquille dans le couloir. C'est à ce moment-là que Freddy a glissé une feuille de papier sous la porte.

Je l'ai ramassée et je l'ai lue.

Cher Gregory,

pardon de t'avoir pourchassé
avec une crotte de nez
au bout de mon doigt. Tiens,
je l'ai collée sur cette feuille
pour que tu puisses me le
faire à ton tour.

C'est la dernière chose dont je me souvienne avant d'être tombé dans les pommes.

J'ai repris connaissance quelques heures plus tard. Une fois ranimé, j'ai entrouvert la porte, et j'ai entendu des ronflements qui venaient de la chambre de Freddy. Alors j'ai décidé de filer.

Mes parents n'ont pas été ravis d'être tirés du lit à 2 heures du matin. Mais, vu la situation, ce n'était VRAIMENT pas mon problème.

Lundi

Bon, ça fait maintenant officiellement un mois que
Robert et moi, on est des ex-meilleurs amis et,
pour être franc avec vous, je suis mieux sans lui.
Je suis content de pouvoir faire ce que je veux sans
avoir à me trimballer cet abruti partout où je vais.

Ça fait un moment que je traîne dans la chambre
de Rodrick après les cours et que je fouille dans
ses affaires. La dernière fois, je suis tombé sur
un de ses annuaires de collège.

Rodrick a écrit sur les photos de tous ceux qui étaient
avec lui, comme ça, on sait très bien ce qu'il pensait
des types de sa classe.

Ça m'arrive de croiser en ville des mecs qui étaient avec Rodrick. Et je dois remercier mon frangin parce que, grâce à lui, je m'ennuie beaucoup moins à l'église.

Mais la page vraiment intéressante de l'annuaire de Rodrick est celle des favoris de la classe.

C'est là qu'on met la photo de ceux qui ont été élus les plus populaires, les plus doués et ce genre de trucs.

Rodrick a ecrit des commentaires sur cette page-là aussi.

LES MIEUX PLACÉS POUR RÉUSSIR

Bill Watson   Kathy Nguyen

En fait, ce truc de favoris de la classe m'a vraiment
fait cogiter.

Si on arrive à se faire élire sur la page des favoris
de la classe, on devient pratiquement immortel. Même
si on ne correspond plus à la personne qui a été élue,
ça n'a pas beaucoup d'importance parce que c'est écrit
et ça reste.

Les gens traitent encore Bill Watson comme s'il était
quelqu'un de spécial, alors qu'il n'est même pas allé
jusqu'au bac.

On le voit de temps en temps à l'épicerie du coin.

Alors, voilà ce que je pense : cette année scolaire a été plutôt foireuse, mais si j'arrive à me faire élire dans les favoris de la classe, je terminerai quand même en beauté.

J'ai essayé de réfléchir à quelle catégorie je pourrais bien m'attaquer. On peut rayer tout de suite les Plus Populaires et les Plus Athlétiques. Il faut que je me trouve quelque chose qui soit un peu plus à ma portée.

J'ai d'abord eu l'idée de mettre des fringues super classes jusqu'à la fin de l'année pour être élu l'élève le Plus Élégant.

Mais ça impliquerait d'avoir ma photo avec Jenna Steward, qui s'habille comme les filles de « La Petite Maison dans la Prairie ».

Mercredi

Hier, j'étais couché quand ça m'est venu : il fallait que je me présente dans la catégorie Clown de la Classe. Ce n'est pas que je passe particulièrement pour un comique au collège ni rien de ce genre, mais si je pouvais trouver une grosse blague juste avant le vote, ça pourrait le faire.

IIAOOUUUUILLE !

PUNAISE

MAI

Jeudi

Aujourd'hui, en cours d'histoire, je cherchais un moyen de glisser une punaise sur la chaise de M. Worth quand il a dit quelque chose qui m'a fait revoir mes plans.

M. Worth nous a informés qu'il avait rendez-vous chez le dentiste demain, et qu'il serait remplacé.

Les remplaçants sont toujours de l'or pour les comiques. On peut dire tout ce qu'on veut et on est sûr de ne pas avoir d'ennuis après.

GREG HEFFLEY, VOUS VOULEZ BIEN RÉSOUDRE CE PROBLÈME?

TA MÈRE!

PARDON?

ET TA SŒUR, ELLE BAT LE BEURRE?

EH BIEN, JE NE PENSE PAS QUE...

TON VIOQUE EST UN VIEUX SCHNOQUE!

Vendredi

Je suis allé en classe d'histoire prêt à mettre
mon plan à exécution. Mais quand je suis arrivé
à la porte, devinez qui remplaçait le prof?

De tous les remplaçants possibles au monde, il a fallu
que ce soit MA MÈRE ! Je croyais pourtant
qu'elle en avait fini de jouer les parents d'élèves zélés.

Quand j'étais petit, elle venait tout le temps aider
dans la classe. Mais tout ça a changé en CM1, le jour
où elle s'est proposée pour nous accompagner au zoo.

Maman avait préparé plein de doc pour nous faire profiter de la visite, mais tout ce que les élèves voulaient, c'était regarder les animaux aller au petit coin.

De toute façon, ma mère a complètement bousillé mon plan pour devenir Clown de la Classe. Je peux juste m'estimer heureux qu'il n'existe pas de catégorie du Plus Grand Fifils à sa Maman, parce qu'après aujourd'hui, je l'aurais remportée haut la main.

Mercredi

Ce matin, c'était la sortie du journal du collège.

J'avais démissionné de mon poste de dessinateur juste

après la publication de « Pat le collégien curieux »,

et je me fichais pas mal de savoir qui ils avaient pris

pour me remplacer.

Mais, comme à la cantine tout le monde rigolait

en lisant la page de BD, j'ai ramassé un exemplaire

pour voir ce qu'il y avait de si drôle. Et quand je l'ai

ouvert, je n'en ai pas cru mes yeux.

C'était une « Oh la vache, maman ! ». Et, bien sûr,

M. Ira n'avait pas changé un seul mot de la BD

de Robert.

Oh la vache, maman !   de Robert Jefferson

Eh, fille
de rêve,
tu veux sortir
avec moi ?

Je ne suis pas
une fille de rêve,
je suis juste
un chien à poils longs,
et non, je ne suis
pas intéressé.

OH LA VACHE,
MAMAN !

C'est donc Robert qui profite de la célébrité qui
aurait dû me revenir.

Même les profs lui lèchent les bottes. J'ai failli vomir
mon déjeuner quand M. Worth a lâché sa craie
en cours d'histoire...

Lundi

Cette histoire des « Oh la vache, maman ! » m'a vraiment énervé. Robert s'attribue tout le mérite d'une BD qu'on a inventée ensemble. J'estime que ce serait la moindre des choses qu'il mette MON NOM dessus en tant que co-créateur.

Je suis donc allé voir Robert après les cours pour lui dire ce qu'il devait faire. Mais Robert a répondu que c'était lui qui avait inventé les « Oh la vache, maman ! » et que je n'avais rien à voir là-dedans.

On a sûrement dû parler assez fort parce que, l'instant d'après, on avait toute une foule autour de nous.

212

Ça démange toujours les types de mon collège d'assister à une bagarre. Robert et moi, on a essayé de filer, mais les gars n'étaient pas prêts à nous lâcher tant qu'ils ne nous auraient pas vu échanger quelques coups.

Je ne m'étais jamais vraiment bagarré avant, et je ne savais pas comment j'étais censé me tenir ni donner des coups de poing ni rien. Et ça se voyait que Robert ne savait pas ce qu'il faisait non plus, parce qu'il s'est mis à sauter comme un kangourou.

Je pensais bien pouvoir être aussi costaud que Robert. Mais ce qui me rendait un peu nerveux, c'est qu'il prend des cours de karaté. Je ne sais pas quels tours de cochon on lui apprend là-bas, mais le dernier truc dont j'avais besoin, c'était qu'il m'étende direct sur le bitume.

Avant qu'on ait pu se donner un seul coup,
on a entendu un crissement de freins dans le parking
du collège. Des grands venaient d'arrêter
leur camionnette et commençaient à descendre.

J'étais plutôt content que l'attention générale
se tourne vers les nouveaux venus et qu'on nous lâche,
Robert et moi. Et puis les autres ont filé dès que
les grands se sont approchés.

C'est à ce moment-là que je me suis aperçu que ces types
me semblaient AFFREUSEMENT FAMILIERS.

Et tout à coup, ça m'est revenu. C'étaient les types
qui nous avaient coursés, Robert et moi,
le soir de Halloween et, après tout ce temps,
ils venaient de nous retrouver.

On n'a même pas eu le temps de filer qu'ils nous avaient maîtrisés.

Ces types voulaient nous apprendre à nous être fichus d'eux le soir de Halloween, et ils ont commencé à se disputer pour savoir ce qu'ils allaient faire de nous.

Mais, pour être franc, j'avais une autre préoccupation en tête. Le Fromage ne se trouvait qu'à quelques pas de là où on était, sur le bitume, et il avait l'air plus menaçant que jamais.

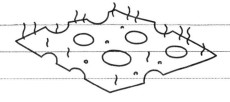

Le plus grand des types a dû capter mon regard, parce que l'instant d'après, il regardait le Fromage lui aussi. Et je suppose que c'est ça qui lui a donné l'idée qu'il cherchait.

Ils ont choisi Robert en premier. Le grand l'a attrapé et l'a traîné jusqu'au Fromage.

Bon, je ne veux pas raconter ce qui s'est passé en détail. Parce que si Robert décide un jour de se présenter à la Présidence des États-Unis, et que quelqu'un découvre ce que ces types lui ont fait, il n'aura pas une chance de gagner.

Je présenterai donc les choses comme ça : ils ont forcé Robert à _____ le Fromage.

CRACHATS
CONVULSIONS
VOMISSEMENTS

Je savais que j'allais devoir y passer aussi.
J'ai commencé à paniquer, parce que je me doutais que
je ne serais pas assez costaud pour me sortir de là.
Alors je les ai baratinés.

Et vous n'allez pas me croire, mais ça a marché.

J'imagine que ces types ont trouvé qu'ils avaient été assez clairs, parce qu'après avoir forcé Robert à finir le reste du Fromage, ils nous ont laissé partir.

Ils sont remontés dans leur camionnette et ils ont démarré.

Robert et moi, on est rentrés ensemble.

Mais on n'a pas décroché un mot de tout le trajet.

J'ai bien pensé demander à Robert pourquoi il n'avait pas sorti une ou deux prises de karaté avec ces types, mais quelque chose m'a dit que ce n'était peut-être pas exactement le moment.

FRISSONS
FRISSONS

Mardi

Aujourd'hui, les profs nous ont laissé sortir juste après la cantine.

Il n'a pas fallu plus de cinq secondes pour que quelqu'un s'aperçoive que le Fromage avait disparu.

HÉÉÉÉÉÉÉ !

Tout le monde s'est précipité pour regarder l'endroit où s'était trouvé le Fromage. Personne n'arrivait à croire qu'il avait pu disparaître pour de bon.

On a commencé à sortir les théories les plus démentes sur ce qui avait pu arriver. Quelqu'un a même dit que le Fromage s'était fait pousser des jambes et qu'il s'était tiré.

Il a vraiment fallu que je me retienne pour ne pas tout déballer. Et si Robert n'avait pas été juste à côté de moi, honnêtement, je ne sais pas si j'aurais pu continuer à me taire.

Parmi les types qui se disputaient pour savoir ce que le Fromage était devenu, il y en avait de ceux qui avaient voulu qu'on se batte, Robert et moi, hier après-midi. Je me suis douté qu'il ne faudrait pas longtemps avant qu'ils fassent le rapprochement et trouvent ce qu'on avait à voir là-dedans.

Robert commençait à paniquer et, franchement, je le comprends. Si jamais la vérité se savait sur la disparition du Fromage, ce serait la fin de Robert. Il n'aurait plus qu'à déménager dans un autre État. Peut-être même qu'il devrait quitter le pays.

C'est pour ça que j'ai décidé de parler.
J'ai dit à tout le monde que je savais ce qui était
arrivé au Fromage. J'ai dit que j'en avais marre
de le voir sur le bitume et que j'avais décidé
de m'en débarrasser une fois pour toutes.

Pendant une seconde, tout le monde s'est figé.
Je croyais qu'on allait me remercier pour ce que j'avais
fait mais, le moins qu'on puisse dire, c'est que je me
trompais.

Je regrette vraiment de ne pas avoir présenté
mon histoire un peu différemment. En disant que
je me suis débarrassé du Fromage, vous devinez ce que
ça implique ? Ça veut dire que J'AI LA MARQUE.

JUIN

Vendredi

Bon, si Robert a apprécié ce que j'ai fait pour lui
la semaine dernière, il n'a fait aucun commentaire.
Mais on a recommencé à traîner ensemble après
les cours, alors ça signifie sûrement que tout est
redevenu normal.

FESSES
ROUGES
DEVANT

OUAHAHAHAHAH!

Je dois dire en toute franchise que, jusqu'à présent,
ça n'a pas été si horrible que ça d'avoir la « Marque
du Fromage ».

Ça m'a permis d'échapper à la session de GRS en EPS,
parce que personne ne voulait faire équipe avec moi.
Et, à la cantine, j'ai forcément la table pour moi
tout seul.

Aujourd'hui, c'était le dernier jour de l'année scolaire et, à la fin des cours, on nous a donné l'annuaire du collège.

Je suis allé directement à la page des favoris de la classe, et voici la photo qui m'attendait :

LE CLOWN DE LA CLASSE

Robert Jefferson

Tout ce que je peux dire, c'est que si quelqu'un veut un annuaire gratuit de mon collège, il peut en trouver un dans la boîte à ordures, derrière la cafétéria.

En réalité, Robert peut bien avoir été élu Clown de la Classe, pour ce que j'en ai à faire. Mais si jamais il prend un peu trop la grosse tête, je lui rappellerai juste que c'est lui le type qui a mangé le _ _ _ _ _ _ _.

Remerciements

Il y a des tas de gens qui m'ont aidé à faire naître ce livre, mais quatre individus méritent une gratitude toute particulière :

• Charlie Kochman, qui s'est occupé de mon livre chez Abrams et l'a défendu au-delà de tout ce que j'aurais pu espérer. Tout auteur aimerait avoir la chance d'avoir Charlie comme éditeur.

• Jess Brallier, qui comprend l'impact et le potentiel de la publication en ligne, et qui a aidé Greg Heffley à trouver son public au début. Merci tout particulièrement pour ton amitié et tes conseils.

• Patrick, dont l'aide a été précieuse pour améliorer ce livre, et qui n'a jamais eu peur de me dire que certaines blagues pouvaient craindre.

• Ma femme, Julie, sans l'indéfectible soutien de laquelle ce livre n'aurait pas pu exister.

À propos de l'auteur

Jeff Kinney est concepteur et réalisateur de jeux en ligne. Il a passé son enfance dans la région de Washington, puis s'est installé en Nouvelle-Angleterre en 1995. Jeff vit dans le sud du Massachusetts avec son épouse et leurs deux fils.